一级英模陈先岩的故事

李迪 著

群众出版社
·北京·

图书在版编目（CIP）数据

一级英模陈先岩的故事／李迪著. —北京：群众出版社，2021.6
（李迪文集. 公安文学卷）
ISBN 978-7-5014-6138-7

Ⅰ.①一… Ⅱ.①李… Ⅲ.①报告文学—中国—当代 Ⅳ.①I25

中国版本图书馆 CIP 数据核字（2021）第 046398 号

一级英模陈先岩的故事

李 迪 著

出版发行：	群众出版社
地　　址：	北京市丰台区方庄芳星园三区 15 号楼
邮政编码：	100078
经　　销：	新华书店
印　　刷：	北京市科星印刷有限责任公司

版　　次：	2021 年 6 月第 1 版
印　　次：	2021 年 6 月第 1 次
印　　张：	5.75
开　　本：	880 毫米×1230 毫米　1/32
字　　数：	165 千字
书　　号：	ISBN 978-7-5014-6138-7
定　　价：	36.00 元

网　　址：	www.qzcbs.com
电子邮箱：	qzcbs@ sohu.com

营销中心电话：010-83903991
读者服务部电话（门市）：010-83903257
警官读者俱乐部电话（网购、邮购）：010-83901775
文艺分社电话：010-83901350　　　010-83903973

出版说明

  李迪，当代著名作家，北京人。生于 1948 年 11 月 29 日，2020 年 6 月 29 日病逝。他去世后，中国文学界给予了他很高的评价和赞誉。中国作家协会主席铁凝在纪念文章中称赞他是时代的记录者，是人民的歌者，是一位"无愧于时代和人民的作家"，并倡议全体文学工作者以李迪为榜样，"把滚烫的心放进与人民同心的作品中，让这波澜壮阔的历史、这昂扬奋进的精神成为永世流传的中国故事。"

  李迪一生创作了 40 多部中长篇小说、报告文学等作品。他长期坚持深入生活、扎根人民、扎根基层，他长期坚持为人民写作的道路。他的作品结构新颖、语言简练、生动形象、脍炙人口，形成了自己独具特色的艺术风格，在中国文学的宏伟画廊里留下了属于自己更属于人民的优秀作品。李迪的创作道路，也给当代作家提供了一个现实的标杆，提供了一个值得学习的榜样。

  需要特别指出的是，在李迪一生的创作之中，公安题材始终是他热衷的创作方向。公安题材的小说、报告文学，是李迪作品中最重要的一部分，也是他最主要的创作成就所在。李迪于公安文学来说，是里程碑式的重要作家。

为了展现李迪公安文学的创作轨迹和基本面貌，总结李迪对公安文学所作的独特贡献，进一步提高公安文学的创作水平，推动新时代公安文学的发展，我社特编辑出版《李迪文集》（公安文学卷）。这套文集共包括八种图书，分别是长篇报告文学《丹东看守所的故事》、《一级英模陈先岩的故事》、《徐州刑警》、《英雄时代——深圳警察故事》，系列小说《警官王快乐》、《凌晨探案》，中篇小说集《傍晚敲门的女人》，报告文学、散文随笔集《枫桥枫叶红愈红》。

《丹东看守所的故事》由群众出版社于2011年8月首次出版，本次出版以2016年10月群众出版社出版的《丹东看守所的故事（增订本）》为底本；《警官王快乐》由江苏凤凰文艺出版社于2016年2月首次出版，本次出版以2019年10月群众出版社出版的《警官王快乐》为底本；《一级英模陈先岩的故事》由群众出版社于2016年6月首次出版，原名《社区民警是怎样炼成的——陈先岩的故事》；《徐州刑警》由群众出版社于2018年3月首次出版；《英雄时代——深圳警察故事》由群众出版社于2018年11月首次出版；《凌晨探案》首次连载于《人民公安报》2017年7月29日至2018年6月1日；《傍晚敲门的女人》由《傍晚敲门的女人》、《悲怆的最后乐章》两部姊妹篇组成，其中《傍晚敲门的女人》首次发表于《啄木鸟》杂志1984年第4期，《悲怆的最后乐章》首次连载于《天津日报》1986年7月13日至9月13日，由法律出版社于1987年2月首次出版，原名《〈悲怆〉的最后一个乐章》；《枫桥枫叶红愈红》收录了散见于报刊的报告文学《你可知道，那草帽在何方》、《星星点灯——走近湖州公安"警务广场"》、《枫桥枫叶红愈红》、《走着走着花开了——社区民警郝世玲的一天》等，以及散文随笔十余篇。

李迪的公安文学作品及成就，是公安文学的宝藏，是他在公安文学领域给我们留下的一笔丰厚遗产。相信《李迪文集》（公安文学卷）的出版具有继往开来的意义。希望更多的从事公安文学创作的作家们，深入公安机关火热的斗争生活，创作出更多更优秀的公安文学作品。

群众出版社

2021 年 6 月 8 日

一位无愧于时代和人民的作家（代序）

铁凝①

　　李迪去世，我感到震惊、痛惜。前一段时间，我得知他住院了，病得很重，即使在那时，我也不曾想过会有最严重的结果。李迪七十一岁了，但在我的印象里，他与迟暮衰老无关，他永远活力充沛，永远谈笑风生，永远激情澎湃。他好像永远穿着一件大红上衣，他真是一团火，跃动着、燃烧着，给这个世界送来热量和温暖。这样一个人，我想，他是累了，他需要休息、需要调整。我没有想到，最终传来的竟是这样的消息，他竟走了，那团火，熄灭了。

　　但是，他的作品在，他书中的火是不灭的。从《丹东看守所的故事》，到《警官王快乐》，到《加油站的故事》、《听李迪讲中国警察故事》，到刚刚印出的《永和人家的故事》、刚刚写成的《十八洞村的十八个故事》，他是多么喜欢"故事"这个词，而他正是一个讲中国故事、传中国精神的作家。从这些作品中，我们感受到的是广袤的大地与奋进的人民，

──────────

　　① 铁凝，中国作家协会主席，中国文联主席。

感受到在一个一个人物身上、一个一个平凡而伟大的战斗者、劳动者身上那推动历史发展的伟力。这样一个作家，是时代的记录者，是人民的歌者。

习近平总书记在文艺工作座谈会上的重要讲话中深刻论述了文艺与人民的关系，人民需要文艺，文艺需要人民，文艺要热爱人民。新时代广大文艺工作者的根本道路，就是深入生活、扎根人民。在这条道路上，李迪为我们做出了榜样。这些年来，从西部山区到东部沿海，从公安一线到边地加油站，从塔克拉玛干沙漠到湘西苗寨，烈日骄阳、风霜雨雪，李迪走过了很多地方，不是走马观花，不是蜻蜓点水，而是心入情入，是全身心地扑进了人民生活的海洋。时至今日，那些公安干警、那些工人农民，提起李迪，都是那么亲切，干警们叫他"老李"，村民们叫他"李老师"。我也有过下农村经历，我知道，当村里人叫你一声"老师"时，这包含着沉甸甸的信任和敬重。对李迪来说，人民不是抽象的符号，是一个一个有血有肉的具体的人，李迪和他们成为了贴心人。他的作品是质朴的，没有华丽的修辞，他努力写出人民心里的话，他的风格温暖明亮，他的态度情深意长，这在根本上源于他对人民群众深切的情感认同。

心在人民中间，李迪把书写中国人民创造新生活、创造历史的伟大实践作为自己的职责和使命。他生前的最后一次远行是去湖南的十八洞村，那是习近平总书记去过的地方，是决战脱贫攻坚的前沿。在那里，这个年过七旬的老人，这个北方汉子，在南方湿冷的天气中开始了他一生最后一次战斗。"战斗"这个词，在这里一点儿也不夸张，李迪曾经是中国人民解放军第十四军宣传队的战士，他的一生是作家，更是把祖国和人民放在心中最高位置的战士。在身体已经严重衰弱的情况下，李迪在病榻上奋力写完了他的最后一本书

《十八洞村的十八个故事》。支持着他的，是一个战士对新时代伟大斗争的澎湃激情，对中华民族伟大复兴光辉前景的信念和承担。

李迪远去，李迪的精神长存。这是一个作家、一个文艺工作者把自己的命运与祖国的命运紧密相连的精神，这种精神，体现在李迪身上、体现在广大中国作家艺术家身上。2020年，是决胜全面建成小康社会、决战脱贫攻坚之年，中国人民经受了新冠肺炎疫情的严峻考验。在这样的时刻，广大作家艺术家始终和人民在一起，奔赴脱贫攻坚的第一线、奔赴抗击疫情的第一线，记录和讴歌中国人民在以习近平同志为核心的党中央坚强领导下艰苦卓绝的奋斗和感天动地的业绩。李迪就是其中的一位杰出代表，他是习近平总书记关于文艺工作的重要论述所指明的道路的自觉、热情的践行者，他的生命和创作有力地感召和启迪着我们：无愧于时代、无愧于人民，就要把全部生命投入与时代同行的路上，把滚烫的心放进与人民同心的作品中，让这波澜壮阔的历史、这昂扬奋进的精神成为永世流传的中国故事。

（原载《人民日报》、《文艺报》2020年7月6日）

春秋十六载，日出又日落，民警陈先岩，社区里出没。

跑了多少路，结了多少果，花开岩边一朵朵，谁来说一说？

自从转业来到扬州市公安局，陈先岩就当上了社区民警。一头扎进百姓，一切从零开始。没有轰轰烈烈，尽是鸡毛蒜皮。他跑，他累，他哭，他笑，他抓耳挠腮，他热肠古道，他在婆婆妈妈中开创一片新天地，被公安部授予"全国公安系统一级英模"称号，被国务院授予"全国先进工作者"荣誉称号；当选第十届、第十一届全国人大代表，并被推选为第十一届全国人大主席团成员；当选江苏省第十次党代会代表、主席团成员。现任扬州市公安局广陵分局党委委员、副政委。

春华秋实，累累硕果，他有多少故事，又有多少苦乐？

风吹枝叶摇，鲜花满山坡。

让我采几朵，听他说一说……

目　录

小陆子 ……………………………… 1

消毒柜 ……………………………… 10

装探头 ……………………………… 17

三块三，保平安 …………………… 20

冰火"三块三" ……………………… 27

牡丹和芍药 ………………………… 39

仙人来访 …………………………… 46

丢人现眼 …………………………… 52

抓贼的喜剧 ………………………… 57

你丢我赔 …………………………… 61

惊心动魄 …………………………… 67

一张放火图 ………………………… 70

黑色星期四 ………………………… 77

崔大牛皮 …………………………… 83

丑娃光光 ……………………………………… 88

过招破烂儿王 …………………………………… 92

找上门来的女人 ………………………………… 97

吃打虫药拉金条 ………………………………… 101

社区像头蒜 ……………………………………… 106

这帮家伙 ………………………………………… 110

风雪锣鼓 ………………………………………… 115

初当人大代表的花絮 …………………………… 122

我的十三件议案提案都被采纳啦 ……………… 129

连任代表的大红包 ……………………………… 136

这时候，来了一封上百人的联名信 …………… 142

摆摊儿 …………………………………………… 152

再说说我的成长之路 …………………………… 160

小陆子

　　小陆子说，如果不遇上我，他可能早进监狱了。

　　但是，他遇上了我。

　　他管我叫师父，说他是我在西天取经路上收编的"孙猴子"。

　　小陆子现在是文峰派出所正式聘用的协警。有小混混跟他挑衅，说有种的咱们单个儿出去打！陆金一瞪眼，你少来！要是过去，我听到打架比吃肉还香，打不死你才怪。眼下我是公家人了，凡事要走法律。打你怕弄脏我手！

　　小陆子，本名陆金。当过兵，摸过枪，身强力壮，五大三粗。我认识他，是因为一次清晨报警。那是春节后的一天，早上六点多钟，一群老头儿老太太在院里练太极拳。练完后，他们搓搓腿脚，边搓边吼，气沉丹田，嘿！哈！正美呢，突然，哗啦啦！天降不明物，连带汤水，又腥又臭，浇了一头一脸。老人们惊叫失声，伸手一摸，哎哟喂，螺蛳壳！谁这么缺德啊？抬头一看，是6楼倒下来的。是小陆子干的！你要死啊！老人们叫喊着冲上楼。不错，螺蛳壳是小陆子倒的。前两天，他已经跟这些拳师发生过争吵，叫他们别乱吼乱叫。现在，他们又嘿哈上了，小陆子火起，直接把吃剩的螺蛳壳倒了下去。老人们气得发疯，冲上6楼狂喊，臭小子，开门！小陆子不开，老人们就用脚踢。小陆子被踢烦了，"嘭"的一声拽开木门，捅出一支气枪，再踢老子把你们腿打断！老人们也毫不示弱，你倒大粪还有理啦？谁让你们吵我睡觉！都几点啦，你又不是猪！我闻讯赶到，双方还在对阵。我把老人们先叫到居委会，小陆子这样做肯定不对，但我也做做老人们的工作。我说人家两口子可能上了夜班（当时我还不知道小陆子是干什么的），早上想多睡一会儿，你们的喊声那么大，吵得人家没法儿睡。前几天已经为这个闹过了，你们也不收着点儿。老人们承认自己不全对，但坚持要小陆子道歉。我又返回小陆子家，跟他说你生活在这个社区，这么多老人哪个不是你爷爷奶奶辈的？你倒了人家一头螺蛳壳，还骂人家，你必须道歉。他虽然不情愿，但后来还是随我一块儿去道歉。老人们原谅了他，事情就这样过去了。

打这以后，我就开始注意小陆子。他老婆是汽车站的检票员，去年怀了孕，又是第一胎，但站里女工多，生育指标少，站领导就叫她引产。这事要搁现在，别说头胎，二胎都随便生，真是到哪山唱哪山的歌。当时政策不允许无指标生育，小陆子就大闹汽车站，并且给国务院写信。国务院还真回了信，等于他赢了。他更来了火气，隔三岔五去车站，去了就开骂。人家一回嘴，他拳头就上了。他早先是农村户口，恋爱后女方家坚决反对，结婚的时候，没有鲜花，没有婚礼，两人办了结婚证就算完事。后来公家占地，把他们的房子拆了，在社区给了安置房，城市户口也解决了。小陆子退伍回来后，在人民医院当保安，负责管理车辆。有一回，有人到医院办事，车子开进去以后非说丢了东西，要小陆子赔，他抬手赔了人家两嘴巴。人家找医院讲理，医院没办法，把他辞掉了。就这样，他失业了。找工作很难，就在社区门口卖报刊。弄块铺板，把报刊往上一摆，《扬子晚报》《时代周刊》《风流一代》，七七八八。

我刚到社区的时候，那一块儿很乱，案件不断。有几个社会帮派横行，杨子一帮，白瓷八一帮，疤四一帮，还有马三一帮，提起来当地人都知道。其中，杨子、白瓷八、疤四，就住在我的辖区。

小陆子不理这些人，自成一派。几个帮派的人都知道他是部队下来的，有武功，也不敢惹他。我跟小陆子接触后，通过聊天，慢慢知道了他更多的事。为了形成共同语言，有时候我也跟他编编故事。他说他的身世很悲惨，我说我的身世也很悲惨，咱俩是一根藤上的瓜，活过来不易。他说他高中毕业后参的军，当过班长。我说我也是高中毕业后参的军，当过连长。他一听很激动，啊，你当过连长？我说骗你是小狗。他就笑了，说那连长管班长。我说对啊，所以你要听我的。他说行，你叫我干什么我就干什么。

我想，像小陆子这样的人，推一推，可能就成了我们的对立面；拉一拉，就能成了我们的积极分子。如何让他走上正道？当时，我对他很有吸引力，他喜欢跟我跑。他正在卖报纸，我喊他去干什么，他就把不锈钢尺子往报纸上一压，抬起腿就跟我走。晚上他不卖报了，就来找我。我每天晚上都在社区巡逻，边走边喊，居民请注意，我是民警陈先岩，我提醒大家，关好门窗，车辆上锁！我在前边喊，他在后面跟，手里端个大瓷缸子，不时让我喝两口水。慢慢地，时间长了，居民熟悉我了，有的人就把窗子推开，陈警长，别鬼喊了，喊得人心惶惶的，快上来喝口茶吧！我俩就上人家去坐一会儿，说几句话。他趁机把大瓷缸子里的水倒满。就这样，他天天端个大瓷缸子跟我巡逻，我俩就无话不谈了。我说小陆子，你要想办法做个什么生意，一个大男人整天卖报纸，卖到哪儿算一站？这不是你干的事。他说我能做什么生意呢？再说，做生意要本钱，我没有。我说你别急，我也帮你想想办法。

不久，机会来了。社区有个居民苏根，卤得一手好鸭子，开了小店自产自销。一天，他老婆上街买菜，一不留神碰倒了人家炸油条的锅，烫伤住进医院。苏根要照顾老婆，打算转让小店。我得知后马上找到小陆子，说老苏那个店要转让。他说我又不会卤鸭子。我说你傻呀，不会卤鸭子，卖杂货总可以吧？我帮你弄个执照，卖卖烟酒，小归小，你也是法人代表，人家就不喊你小陆子，喊陆老板啦！要不然，等你六十岁了，人家还喊你小陆子。他笑着说好是好，可我没钱进货。我说钱是慢慢滚出来的，你先把店拿下来。我有五千块钱，借给陈开他儿子学车了，现在陈开的烟酒店生意不错，说了几回要还我钱。我就拿回来先帮你进货吧！小陆子说那怎么行？我说怎么不行？等你挣了钱再还我嘛！于是，我把钱从陈开那儿要回来，又借给小陆子开店。

小陆子把钱捏出了汗。我知道他担心什么，房租一个月要四百多，再一个，本钱太少，五千块能进多少货？我说，别急，我有个老乡在烟酒公司当头儿，我请他帮帮忙，先进货后付款。小陆子说人家能干吗？我说事在人为，我去试试。我找到老乡把情况一讲，老乡说那你可得担保！我说行啊，没问题。要不你看我身上哪儿肥，先给你割二斤？老乡说你自己留着吧，我没地方放！就这样，货源解决了。卖货还要有货架子，新的买不起，我跟小陆子在旧货市场转悠到脚抽筋，好不容易遂了愿，钱也花得差不多了。货架子一摆，货一上，小店开了张。可是，酒不全，烟也不全，生意惨淡。

没想到，吉人天相，时来运转，一周后奇迹出现！当时，扬州发生了一宗银行抢劫案，罪犯用的是钢珠枪。案件过后，亡羊补牢，所有银行都要重新装修，安装防弹玻璃。小陆子店旁的一家储蓄所也要装修。装修不能关门，关了门储户用钱怎么办？他们就跟小陆子商量，说我们临时租用你这个小店，装修两个月，给你七千块。小陆子差点儿疯了，连说好好好！我说小陆子你时运到了吧？他说老天爷真可怜穷人，掉下个馅儿饼还是纯肉的！银行装修完搬走后，他拿这笔钱进了货，小店重新开张。老板员工都是他一个人。他在那个地方，卖货又收钱。他没在的时候，就成了自助店，拿什么东西给多少钱，天一半地一半。他过去卖报纸也是这样，有时找不到他人，买报的就自己掏钱自己买。常来买报，知道多少钱，把钱放盒里，拿一份报就走。

有了店，果然人家喊他陆老板，小陆子乐得大嘴咧成瓢。没等他乐够，来事儿了。有人举报他卖假烟。谁呀？陈开。原来，陈开也卖烟酒，两家店太近，他不高兴，认为小陆子抢了生意，就举报他。凭什么举报？烟草是专卖的，他看见小陆子的店里卖三五牌香烟，而烟草公司里没有三五牌香烟，他就举报小陆子卖水货。好了，工商就来查。小陆子急忙打电话给我，师父，工商来查了！我一听，坏了。再一打听，来查的人我认识，是无为的老乡魏进。我立马打电话给他，魏进你在哪儿呢？他说我在店里查水货。我说这个店是我支持搞起来的，刚刚开业，不懂业务，你多包涵！你能不能先把烟没收了，晚上再还给他，让他退了把本钱拿回来，你们再去查水货源头。魏进说这馊主意也就你想得出来。得，我就听你一回。我说谢谢啦！又掉头打电话给小陆子，你配合一点儿，别穷喊！人家把烟拿走，晚上再还给你。小陆子说谢师父救命！又说，妈的，好你个陈开，我宰了你！

过了两天，小陆子又举报陈开卖假烟。两个人矛盾越结越深。我想这可不好，不能这样下去。陈开跟我关系也蛮好，我取回那五千块的时候，他非要给我利息，我不要，他老想请我吃饭。这天，他又说要请我吃饭。我说好，你家里有什么菜？他说有一只烧鸡。我就到小卖部去，再加个"小二"，弄点儿鸡翅膀、鸡爪子。小二就是小瓶的二锅头，便宜，两块五一瓶。我来到他家，往小板凳上一坐，当起了统战部部长，陈开，你去，把小陆子喊过来！陈开说喊他干什么？我说，远亲不如近邻，喝喝小酒感情深。他说陈警长，你去喊吧。我说这个不能代劳，你请客就要你自己去喊。陈开尽管不大情愿，也只好走过去喊，小陆了，陈警长喊你过来吃饭！小陆子一听是我喊就来了。三个人，话不多。你一杯，我一杯。过了两天，小陆子钓了两条鱼，说师父，晚上弄两口。我说你去把陈开喊来！他牛脾气上来了，不喊。我说人家请你，你来得挺痛快。轮到请人家了，怎么回事？他没辙，只好去喊了。就这样，今天在你家搞一顿，明天在他家搞一顿，相碰一杯泯恩仇，矛盾慢慢化了。后来，陈开的店改成小吃，两人的生意不但不交叉，还互补，自得其乐。再后来，社区保安要加强，我让小陆子当了保安。

有一天，我看见小陆子老婆的脸肿了。她看见我就哭。我问怎么回事，她说被小陆子打了。旁边人告诉我，她喜欢占人家小便宜，看见小摊儿上卖苹果就拿一个，卖瓜子就抓一把，好像是她的。小陆子就为这个事打了她。当初，我要用小陆子当保安时，有人就跟我说，小心你在的时候他是佛，你不在的时候他就是鬼。还有人为此投诉我。我们领导就找我谈话，说小陆子你不能用，用他对我们有影响。领导找我谈话，我肯定要重视，我就跟小陆子说，你不是叫我师父吗？我们师徒都要修行。卖东西的人挣不了两个钱，你别让家里人占人家便宜，事情虽小，勿以恶小而为之。我跟他谈话过后，他回家就不是口头传达了，而是拳脚相加。说我现在是公家人了，不许你再占人家小便宜。再要占，我知道一回打一回！他打老婆肯定不对，我为此也批评过他。但另一方面也说明他很要强，骨子里是好样的。这样的人我用定了！现在，他又打老婆了，我还是要批评他。我把他喊过来，你老婆的脸是怎么回事？你都打她三次了，她是白骨精吗？你再打她，我就不要你跟我去取经了！小陆子当着我的面就哭了。我明白他心里委屈。但是，后来他改好了，家里家外都不出拳了。

在培养小陆子这块儿，我用了很多心。比如，人家请我去南通作报告，我就问他，你老家启东离南通有多远？他说没多远。我就把他带上。报告一结束，我俩就到启东去看望他父母。启东市公安局派车跟着，几辆车停到他家门口，他父母亲好高兴。小陆子更别提了，说衣锦还乡了，往后要好好干。我到常州作报告，常州市公安局局长带领班子在门口列队欢迎，我也把小陆子带着，让他感受到一种荣誉、一种自豪。吉林四平市公安局请我作报告，我还把他带上。人家要我们坐飞机，为了减轻对方的负担，我们就坐火车去。报告完了，人家非给我们买机票。我问小陆子，你坐过飞机吗？他说没坐过。我说那这次就给你一个机会，让人家破费一点儿。我们坐上了飞机。我跟他开玩笑，说我这次沾你的光了，要是你以前坐过，我说什么也不能让人家破费。小陆子笑个不停。他长这么大，第一次坐飞机，高兴得像个三岁的孩子。

我真情待他，他也全心付出。在我工作艰难的时候，他是我最亲近的支持者。当我被授予一个又一个荣誉称号的时候，我的日子也不好过，有些人对我很不友好，有人当小陆子的面就说，这是陈先岩养的狗。小陆子的老婆听到后告诉我，气得我差点儿跑去跟人家干一仗。就是这样挨骂，小陆子也绝对没离开我半步，而是更加支持我的工作。他有时候会跟我说，师父，你当先进真难！我说，当先进也像一年有四季，有春夏秋冬。当冬天来临的时候怎么办？我们也不能穿上大衣裹在里面畏缩不前。冬天来临，加衣服、防感冒、防冻伤是必要的，但更多的是什么？要增加运动量！让身体热量散发出来抗寒，就跟打乒乓球一样，活动起来，用自己身上的热能抗击寒冷。我们的工作要不断突破、不断创新，让那些寒潮，那些冷言冷语，在运动中慢慢被感化或者消失。冬天过去了，春天总会来！

我跟小陆子这样说，也是跟自己说。

社区管理工作很复杂，管理与被管理是一对矛盾，什么样的人和事都会碰到。有好人好事，也有坏人坏事。我跟小陆子分工很默契。我一个眼神，他就知道我想干什么。有需要对付恶人的时候、需要唱白脸的时候，他就说师父，我去！比如，整治乱摆地摊儿，我在监控室里看着、指挥着，他就去清理。有的死皮赖脸不走，小陆子上去就把秤没收了。当然，最后是要还人家的，我们绝不会把秤掰断。像这些事，我就不好出面。再如，汽车乱停，我设计了一种锁，锁住汽车轮胎，然后贴张条子告知车主你这辆车违反了管理规定。车主找到我们，说以后不乱停了，我们再去打开锁。谁去锁呢？警察干这种事不合适，小陆子就去了。有个给领导开车的司机很牛，看见条子也不来找我们，喊几个人过来，拿千斤顶把车子顶起来，换了一个备用胎。小陆子就打电话给我，师父，他们把轮胎给换了！我说，好啊，你们高高兴兴地把门打开，让他走。晚上他回来要是还瞎停，再弄把锁锁上，反正锁有的是，我看他有多少轮胎可换！最终这个司机服了。像这些事，没小陆子就不行。再说一件事，外来人口老宋夫妻俩，带孩子租住在社区。暂住人口必须登记，可我到他家去登记，他死活不开门。白天没人，大人去卖菜了，孩子去上学了。晚上他家灯亮了，我去敲门，他们装听不见。每次敲门，把左右隔壁邻居都敲出来了，陈警长你别敲了，他家不会开门！一趟，两趟，三趟，跑了七八趟就是不开门。怎么办？小陆子想了一招儿，把他家的门从外边拴住，让他出不来。他家的防盗门是栅栏式的，里面是木门，木门上有个拉手，防盗门往外开，木门往里开。小陆子弄个铁丝，把防盗门和木门拉手拴起来。第二天早上，老宋的孩子要上学，门打不开，他急了，打电话报警。我去把门给他打开，他就跟我吵。我说你狗咬吕洞宾不识好人心，我帮你开了门，你反过来跟我吵。他说肯定是你干的，你还是优秀警察呢，我在电视上经常看到你！我说，肯定不是我干的。你既然知道我是优秀警察，为什么我到你家来多少趟，你都不开门？江苏省有暂住人口管理条例，我依法做事，你也要依法居住，对不对？再说，你也有很多权益要依法得到保护，对不对？我这样一说，他蔫了，配合我作了登记。

在我当社区民警的日子里，小陆子全面配合我，承担了可能得罪人的所有工作。有人说，他是不是脑袋进水了，也不拿陈先岩一分钱，为什么死心塌地为他做事？小陆子说我不是为陈警长，是为社区。再说，陈警长也是为社区吃苦受累，我为什么不能帮他？林子大了什么鸟都有，有被他得罪的人老想整他，其实是冲我来的。有一回，有人举报他养狗没办证，这回搞得很大，电视台都来了。其实小陆子是办了证的，八百块一个。开始他舍不得，说好多人都没办，还是我劝他一定要办。我说，你跟我干了，就不能让人家抓把柄。人家抓你，实际是冲我来的。我们自己一定要带头守法，你不出钱，我帮你出。他说我出！小陆子是第一个办证的，但对方想不到他会办证，所以搞了个庞大阵容。那天我恰巧不在，有人打电话给我，说治安支队来查小陆子的狗证。我马上打电话给支队的小陈，我说他有证，到时候弄出麻烦你别找我。结果，小陆子把这帮人耍了个把小时，啪地亮出证来，所有人都傻了。他们还不信，当场查验。一查，是真的。他们自己抓了个大苍蝇，只好灰溜溜撤了。这帮人本来想得很美，一打小陆子的狗，他肯定要闹，我就会出面说情。这时候画面就出来了，既打击了小陆子，也给了我好看。一箭双雕。

结果，箭是射了，一雕没雕！

小陆子把狗狗抱在怀里，让狗狗管我叫救命恩人。他说幸亏当时听了师父的话，如果没办可糟了。

后来，经我申请，文峰派出所正式把小陆子收编为协警，拿工资了。他女儿中专毕业后也应聘到公安局，在110指挥中心做接线员。一家人过得很幸福。

再后来，我离开工作了十六年的社区，也离开了小陆子。我很想他，想我们在一起的日子。

我比他大四岁。我经常摸着他的头，就像摸小孩子。

我说，当年的小陆子现在也老了，也是一头白发了。

消毒柜

肖多桂是机械厂的电工，人称"消毒柜"。一是叫起来像；二是他动不动就说，我给你消消毒！

1997 年早春，我提出把办公桌搬进社区，与居民零距离接触，率先建起了全国第一个社区警务室，起名"民警服务亭"。当初，建这个亭子很难。我给局里打报告，局里支持但没经费。后来，我找到一个公路收费用的烂亭子，运回了社区。街道办事处非常支持，帮我在社区中心选了个地址。我找来水泥做了地基，把亭子立起来了。亭子很小，刚够一个人坐里面，现成的办公桌根本摆不下，我去集装箱厂找来包装板，请木工"量体裁衣"，做了一套小桌椅。之后就是解决用电问题。当时离亭子最近的是机械厂宿舍楼，他们用电吃大锅饭，不用考虑费用。我让所长出面跟分管民警打了个招呼，让他协调一下机械厂，看能否从宿舍楼接电过来。机械厂保卫科很支持。于是，我就把电接了过来。我选了个吉利日子，5月18日，正式对外"营业"。亭子上贴了时间表：一、三、五上午、晚上；二、四、六下午。

哎哟，没有不开张的店。服务亭开张，就赶上换户口簿，马粪纸的换成卡片式的。居民们都跑到派出所办证大厅去换，一时间人如潮涌，水泄不通，吵架骂街，你推我搡。而我们社区的居民，不用大老远跑到派出所去挤，来我这个亭子就行。我统一收下，再拿到派出所去换。不过，居民方便了，我可惨了。尤其是吃午饭的时候，大家都下班了，一看亭子上的换户口通知，都跑回家去找户口簿。我边收边登记，连吃饭的时间都没有。要办户口的居民，有的从楼上窗口往下看看，一看亭子外等的人少了，他们就下来办，像流水席一样。他们吃过饭了，可我还饿着肚子。有好心人给我泡了一碗方便面，我三口两口吃掉接着干。晚上我忙到半夜，还有人跑来送户口簿。我连夜把一大包户口簿送到派出所，派出所的同志一夜加班到天亮。第二天早上，我把换好的户口簿带回来发放。整整一星期，天天如此。要是做生意能这么红火，准发财。我虽忙得四脚朝天，但是很有成就感。为人民服务是什么？就是做这些小事。

这个亭子原用作公路收费，收费处有个像桥一样的过道，能遮风避雨躲太阳。亭子的壁板上有一个洞，用于安装电风扇。收费员坐在里面收费，风雨不动安如山，太阳晒不着。闷热了，电风扇一吹，整个儿一活神仙！但是，搬到我这儿来可惨了，洞还在，电风扇没了，太阳天坐里面热得像狗一样，呼哧带喘。如果有鸡蛋，能孵出小鸡来。我也不能光膀子啊，警察形象是要保住的。想买台电风扇，很贵的，口袋里的两个钱，钉是钉铆是铆，早就有安排。一天，我忽然看见有居民扔包装盒，上面印着电风扇的照片，我赶紧跑出去捡回来，把照片贴在亭子里。热得实在受不了啦，就抬头看一眼"电风扇"，望"扇"止渴。有一次，我外出开会回来，哎哟喂，亭子忽然变样了，顶上搭了个"帽子"！这"帽子"很大，是用钢管焊接的，上面铺了专业防雨布。"帽檐"向四周延伸出小两米。这样一来，不管东晒西晒还是当头晒，亭子都躲在阴凉里。这是谁做的好事？小陆子说是做药品生意的张利东。张利东有一段时间跟他爱闹矛盾，我没少当和事佬，掰开揉碎，调解成功。他说无以为报，多次请我吃饭，我都没吃。现在趁我不在家，他给了我阴凉。

这天晚上，我来到服务亭，准备整理外来人口信息，进门一拉灯，不亮！哎，昨天还好好的，怎么忽然不亮了，灯泡坏了？我拧下一看，没坏啊！换一个，再一拉灯绳，哎哟，还是不亮！

这时，有人告诉我，是消毒柜干的，他把电线剪断了！

啊？他凭什么？

他说你不该盗用机械厂的电，给你消消毒！

嘿，他有病是怎么的？我跟厂里说过啦。

我静下来一想，他是厂里的电工，可能是我没有尊重他吧。我们跟厂里协调以后，应该由厂领导找他，肖师傅，你去帮着接起来吧！这样，他有人情，也有尊严。我们自己就接了，惹他不高兴了。

是这个原因吗？又像，又不像。

那时，我刚来社区不久，对肖多桂还不了解，只知道他是个电工，外号"消毒柜"。长得什么样儿我都没印象。我特地把户口大底册搬出来翻找他的信息。一看照片，哎哟，原来是他！难怪。

前两天，他找过我，想把外孙的户口从乡下迁来，以后好上学。我跟他讲，户籍有政策，外孙不能迁，你自己的孙子还差不多。他瞪我一眼，什么也没说，掉头走了。噢，他剪电线是为了报复我，冠冕堂皇地咬了我一口。我再去厂里要求恢复供电，厂长知道了再骂他一顿，就结下梁子了。算了，还是另想办法吧。当天晚上，我拿警用手电筒照着办了公。

第二天，我有主意了。马路对面有一家私人开的浴室，老板姓胡。我找到他，说胡老板，我能不能接一下你的电？该算多少钱就算多少。他说算什么钱啊，不就一个灯泡吗？您想怎么接就怎么接吧。说着就把电工叫来，快去，帮陈警长接电！我说谢谢胡老板，往后有什么需要帮忙的，你就说话！他说真备不住会有事求您！

这话让他说着了，结果我还真帮了他大忙。那是后话，先放放。

电来了，亭子里的灯又亮了。

肖多桂感到很奇怪。他偷偷一查，发现我是从浴室接过来的，又跑去问老板，老板说我让接的，你别乱消毒啊！此后，肖多桂见到我，就像见到仇人。我呢，没事儿，只要碰见他，老远就跟他打招呼，肖师傅！他两眼翻成了大元宵。

后来，我就开始关注肖多桂。他脾气暴躁，还爱管闲事。如果买菜的跟卖菜的发生了纠纷，他只要看见，腿就走不动了，站在那个地方，三分钟以后就要发表评论。只要有三个人凑在一起谈什么事儿，他就觉得应该弄个明白，立马不走了。比较典型的是，有一次，城管拆违章建筑，房主不给拆，双方吵起来。他送孙子上学正好看到，立刻就跟城管干上了，吵得比房主还凶。他天生大嗓门，用不着使喇叭。前来增援的城管还以为房子是他的，差点儿叫警察把他抓走。

1999 年 7 月，江苏省委宣传部把我作为典型进行宣传，宣传部组织了省市两级十多家媒体采访。先开座谈会，会后来到社区采访居民。就在这时候，肖多桂突然在院子里放开喇叭大嗓儿，你们搞什么搞？全都是假的！这一喊不要紧，媒体感兴趣了，哗地一下过去，镜头全对着他。我当时在旁边，脸都青了，知道他是来搅局的。媒体问他，我们今天到这儿报道全国优秀警察陈先岩，你是怎么样看待他的？肖多桂说，他好什么啊！你看看这地上的粪水！化粪池堵了，他管了没有？储水箱漏水他管了没有？有记者问，除此之外，你还有别的没有？他说，反正我觉得这些他都应该管！听他这么一说，媒体又散了。一个女记者问我，陈警长，这人是不是有精神病啊？我笑笑，精神病倒是没有，他就是跟我过不去。当时，我真的很生气，这不是砸场子吗？你也太过分了！晚上，我想找他去理论，走到半路又回去了。算了，路遥知马力，他早晚会清楚我是什么样的人。过后，我再见到他，还是笑脸相迎，老远就跟他打招呼。他还是一副地主嘴脸。尤其是周围有人的时候，我热情地喊，肖师傅，你买菜去啊？他不但眼翻元宵，还打了个喷嚏，啊嚏！这喷嚏也太大了，都能浇花了。我心里像吃了个苍蝇。尽管如此，我坚信人心换人心，总有一天能化了他心里的疙瘩。

后来，他家发生了一件事，让我们之间有了转机。

肖多桂是离婚后重组的家庭，双方都有子女。他的是个儿子，不跟他住一起。女方是两个女儿。有一天，肖多桂的儿媳跟他老伴儿为琐事吵了起来，儿媳打了他老伴儿一个大嘴巴。这下肖多桂可不干了。女方的孩子也冲了过来，要给老妈报仇。她们首先找肖多桂，说这是你儿媳干的，你要出来摆平。肖多桂刚说了儿媳两句，他儿子就叫起来，你再敢啰唆，我把你们老两口都给收拾了！肖多桂的老伴儿吓坏了，赶快来找我。我马上赶到他家，肖多桂看到我很尴尬，脸上挤着笑给我倒茶，又叫我坐，声音小得像猫，眼也成猫眯眼了。我问，到底是怎么回事？他老伴儿先讲，还没讲完，肖多桂的大肉喇叭又响了，陈警长，你把打人凶手弄到派出所去！我说清官难断家务事，你们讲了这么多，我都听明白了，我还要跟你儿子儿媳谈谈，看看他们是怎么想的。你放心，这个事我保证负责到底。再怎么着，你们也是一家人，事情发生归发生了，不要记仇，不利于团结的话尽量少说。

离开肖多桂家后，我又赶到他儿子家。大夏天的，跑得我一身臭汗。儿媳一说，立马激动起来。原来，矛盾是因为带孙子的事引起的。他们家有一个小孩，对方家也有一个小孩，双方为接送小孩上学的事闹起来。我千言万语，苦口婆心，前后跑了一个多星期，汗也不知道流了几大碗，最终，儿子儿媳买了苹果到肖多桂家，当着我的面道了歉，与两位老人握手言和，破家重圆。

第二天，肖多桂带着老伴儿来到警务室，进门就向我道歉，说陈警长，我过去有很多对不起你的地方，你大人不记小人过。他讲得眼泪汪汪的。我说肖师傅你请坐，今天是你自己来讲的，你先剪断电线，又搅局采访，可是我从没有记恨过你，看见你总是打招呼。我觉得，我们之间本来就不存在矛盾，只不过是哪方面的结没解开。今天你说来道歉，实在是太严重了！肖师傅，你千万别这么说，往后，我们就是好朋友！肖多桂的喇叭一下子打开了，陈警长，你真是个好人！听说你正组织"夕阳红"老年巡逻队，我老伴儿加入你的队伍行不？我说欢迎，欢迎！以前人家是送郎当兵，今天你是送老伴儿参加"夕阳红"啊！肖多桂夫妻俩都乐了。他老伴儿当场填表，加入了"夕阳红"巡逻队。

从此后，肖多桂成了社区的正能量。我在干部会上讲，肖师傅管闲事好，就怕他不管。我们就要用好管闲事的人！肖师傅做任何事都有激情，他身上有一股劲儿，我们要把这股劲儿用起来！我提议，把肖师傅吸收到居民自治领导小组！大家一致鼓掌同意。

就这样，肖多桂的钟表上了弦，走起来咔咔的！社区整治环境要挖化粪池，有居民不给挖，说化粪池不能弄在我家这儿。肖多桂大喇叭一开，你们家不拉屎啊？啊？化粪池闷地底下你怕什么？再拦着我就给你消消毒！！他这样一凶，把人家吓着了，心说别让他给消了毒。

社区道路维修，我让肖多桂负责监工，他成了最忙的人。早上施工队还没有来，他已经来了；中午不睡觉也要盯着。他看见工人直接把砖砌起来，就跑我这儿来说，陈警长，我给你报告，这样施工不行，砖应该先拿水浸泡过才能用。他们直接砌上去，中间有土，砖跟水泥不黏了，就是豆腐渣工程。我立马把工头找过来，那家伙说，周围没有自来水。我说这不是理由吧。我是悄悄说的，给对方留点儿面子。肖多桂可不管，大喇叭又叫起来，我给你消消毒！活人还能让尿憋死？他这样一凶，工头没办法，拉来一车水，把砖清洗了。施工方原计划在人行道上铺面包砖，这种砖很像一种面包，表面上切成几排小方块。肖多桂坚决反对，大声说，这个砖不平，不好扫，汽车一轧就坏。还有，小孩喜欢骑小车，砖缝儿会别住车辘辘把孩子摔了！尽管他反对，但是，砖已经拉来摆在那个地方了，施工方不愿意再拉走。我觉得肖多桂说得有道理，就去跟施工方讲，政府整治老社区本来是好事，为什么好事不做好？居民说不好，你们还要做，这不是吃力不讨好吗？你不同意没关系，我找区长去！施工方说快算了，换！工头儿一听气得不行，但施工方是东家，鼻子大了压住嘴，他也只好把面包砖拖走，改成水泥路。后来我才知道，砖厂是他妹妹开的，他要推销自家的产品。结果，由于肖多桂的反对，没推销出去。

"我给你消消毒"是个好人。

很可惜，他前年去世了。胃癌。

装探头

　　服务亭安好后，我在里面为老百姓服务了两年多，经常有人来参观，省内省外的都有，就觉得这个地方太小了，施展不开。如果能有一间房子多好，正正经经的，办公也好，接待群众也好。当然，里头最好还能安上探头。说起来你别笑，当年没钱安探头，我就在居委会的柜顶上放了空探头，没线也没机器，是个摆设。可别说，管用。有一天，来了一个有公职的人，为邻居琐事到居委会里胡闹，还拍桌子。我说你拍什么拍？你看见探头了吗？你的一言一行都记录在案，明天我就拿到你们单位去！这人一看，柜顶上真有个探头，立刻就老实了，请求我原谅。我说你回去跟邻居道歉，邻居要是原谅你，我就不去你们单位了。这人说好好，赶紧跑去道歉。

　　有间房子，安上探头，成了我的梦。

就在我做梦娶媳妇的时候，碰到了一个好人。谁呀？市建委常务副主任老赵，我的无为老乡。他从部队转业到扬州，成了建委一支笔。他对我说，先岩，我在电视上经常见到你啊，干得不错，为咱们无为争了光。需要我支持的，你就说一声！

我赶快接上茬，哎哟，赵主任，巧了，我还真有事要你帮忙呢！

他说，什么事，你说！

我说，我想要一间房子作警务室。

他说，这不难。

我又说，还想弄一些探头。

他还说，这也不难。

的确，鱼和熊掌我都想要。警务室是当务之急，探头也必不可少。当时，我搞了个"三块三，保平安"，跟居民签了合同收了钱。要保社区平安，就要有探头有监控。我收钱时，有些居民就说，钱我照给，但你要对我有个承诺，万一我家被偷了，你要赔。一开始，我还跟他们理论，这怎么可能呢？全世界也没有哪个警察敢说居民被偷他包赔啊！结果，人家说那你不包赔，我就不给钱。得，这倒将我的军了。我暗自想，如何建立一套比较完备的机制，做到你被偷我赔偿呢？这里头除保安水平要提高，还要防范诈赔，没丢说丢了，那怎么办？要解决这些问题，硬件很重要。监控探头是必需的。

赵主任说，我听清楚了，你这两件事顶天了，我坚决支持，我去跟小满说说！

小满是建委下属公司的老总，我也认识。我急忙说，赵主任，我也认识小满，我有他电话。

赵主任说，好啊，你把他找到，就说我要请他吃饭！

我高兴得要疯，立马打通了电话，满总，我是先岩啊，建委赵主任问你有没有时间，他想请你吃饭。

小满说，你要我命呀，哪有皇上请太监的？

啊？你什么时候做手术了？还习惯吧？

得啦，咱们就别练了，上不了春晚。你回禀主任，请他安排时间地点，我掏银子！

我说，不管你们哪个请，吃货我都出席！

见面时间约好了，酒店还是小满订的。几个凉菜上来后，赵主任就开始拿我开心了，先岩啊，你下令吧，想要什么？

我笑得像个傻瓜，嘿嘿，嘿嘿，我想要警务室，我想要探头。

赵主任说，小满，听见了吗？我给你一把"尚方宝剑"，先岩想要什么，你尽管办，我实报实销！

小满说，没问题！他想要月亮都行，我给他画一个！

赵主任笑了，先岩，你听见没有？

第二天，我爬起来就往小满的公司跑。小满真够意思，首先解决了警务室，八十多平方米，上下两层，带卫生间，还可以洗热水澡。然后跟我说，陈警长，还差什么你就说啊！

我真是太美了，想不到这辈子还能当回土豪。来人啊，给我装探头、买桌子、沙发、空调、电脑。快去！

这期间，我已经被授予"全国特级优秀人民警察"称号。

三块三，保平安

　　这是我来社区第五年提出来的口号。时间是
1997 年。

　　为什么要提这个口号呢？为筹钱自治。

　　我们这里是老社区，上世纪 70 年代末 80 年
代初建成，属于敞开式住宅，没有物业管理，只
能自己管理。经过我们再三要求，由市政法委牵
头，搞了个"围楼成院"工程，把一百栋楼围成
了五个大院。院子围起来了，传达室也建起来
了。可是，有门没人看。只有把门看起来，才能
减少案件发生。社区自治，死看死守是硬道理。
要请人看门，就得付工资。空手套白狼可不行。
一句话，要钱。当时，一些新型社区已经诞生，
有物业管理，有人看门巡逻，有人搞卫生绿化。
我们的居民很羡慕人家，梦想自己的社区也能
"现代化"。

如何解决资金，帮助居民实现梦想呢？我认真计算了所需费用，每户一年交四十块，就可以请三个保安，二十四小时看门护院。平均下来，每户每月交三块三就行。当年最低月收入是二百五十块。三块三，交得起。于是，我就提了"三块三，保平安"这个口号，并且把民意调查表发下去征求意见。结果，家家都支持。既然如此，我就开始收费了。这时候，有些居民说，你先干给我们看，我们觉得好，你再收钱也不迟。我想，他们说得也对，不能隔山卖老牛，黑牛黄牛？先把牛牵过来再说。我先在二区搞试点。我找了一个叫王平的居民，他是在外面当保安的，家有老母，双目失明。我跟他说，你在外面当保安，还不如在社区干，省得跑路，还可以带着照顾老人。他说好。我又跟他说，一个月二百块，居民们说把门看好了再给钱，我只能先打白条，你干不干？他说干。我说，好，你先干起来，把门看好了，到月底不会少你钱。要是都不给，我陈先岩给你！王平行。就这样，他干起来了。可是，他白天看门，晚上就回家睡觉了。居民们就说，白天有人看，晚上没有人看，这怎么行？丢了东西找谁？我们不能交钱！

当晚，就有自行车被盗。

于是，矛盾冲突来了。而且不止来自居民。

当初，我要搞"三块三"的时候，居委会主任就坚决反对。为什么反对？利益使然。社区"围楼成院"后，传达室建好了，因为没有人看守，居委会就把它租给人家开店了。居委会主任说，这是居委会的资产，空着也是空着，不如租出去，居委会还能有点收入。结果，有的月租一百块，有的月租三百块，最好的位置能租到五百块，卖烟酒，卖粮油。我要把传达室收回来居委会的房租就没了。那时候，居委会是"自收自支"，地主家也没余粮。为此，居委会主任恨得牙痒痒。再有，当初政法委还给社区建了三个车库，归居委会管理，各家的自行车、摩托车可以存在里面省得丢。每月自行车收十五块，摩托车收三十块。收入所得，除去看车人工资等，结余也归居委会。我粗粗一算，收入相当可观。居委会主任想到我要雇保安看大门，担心居民不往库里存车，这笔收入也就泡汤了。所以，他坚决反对。但是，我走的是群众路线，挨家挨户宣传，把意见表收回来一看，百分之百赞成。这样一来，他也没办法。

现在，二区试点出了问题，王平一个人，干了白天干不了晚上，自行车被盗，居民闹，居委会主任笑。我一咬牙，干脆自己顶上去。白天王平值班，晚上我值班。这样顶了一阵子，感动了居民，说陈警长白天忙，晚上还要为我们站岗，我们怎么能忍心，他就是铁打的也不行啊！后来，我又把爱人家的一个亲戚招来干。没钱发工资，只有打自己家的主意。这样，就有两个保安了，一个看白天，一个看夜晚，很辛苦。但是，毕竟实现了"无缝对接"，把大门看死了。这时候，我腾出手开始收"三块三"了。

想不到，一收费，问题来了。开始发调查表的时候，困难户也都支持，可现在上门收费了，他们就说下岗了，没钱。有的什么也不说，直接就不给。还有的讨价还价，像菜场买菜一样，能不能少交点？实际上，为了不给居民增加负担，我提出一个季度一交，也就是十块钱。可还是有人说交不起。再有的呢，说交费可以，你要把发票给我。这下我可头疼了。对于不交的人，我反复上门做工作，总能够说服大部分。可是，开口跟我要发票，真让我掰不开蒜。我又不是开公司，哪儿来的发票呢？我托住脑袋想了好几天，终于想出一个"阳光式财务管理"。我设计了一个表，"征收门卫工资账目公示表"，每单元一张，一户一格。比如，你家交了十块，你就在表格里写上十块，然后收费人签个名。当然，表上还要盖章才正规，老百姓认章不认人。章从哪儿来呢？我就去派出所想办法，所里的公章肯定不能盖，还有什么章可以借用呢？找来找去，找到了档案管理章。长方形，盖蓝墨水。好，就是它了。收费的时候，我不去，叫保安去。收一个费，盖一个章，这个表就代替发票了。你想要，就去复印。钱差不多都收上来以后，我把收费表和支出表张贴在宣传栏，居民回家路过就能看到：哪家交了多少钱，累计交了多少钱，这个月开支多少钱，都开了哪些支，每分钱都在上面。居民一看，来有影去有踪，个个叫好。

但是，没想到，有的居民前面交了钱，后面就电话打到物价局，到市政府，说我乱收费。我们所长很紧张，我说你紧张什么？就算"乱收费"，第一没交到派出所，第二没进我陈先岩腰包，都用在社区了。不信来查！后来，物价局当真来查了。我介绍了情况，又把表格拿出来给他们看。噢，取之于民，用之于民。没毛病！

好事多磨。"三块三，保平安"，开始很顺利，第二年就搞不下去了。原因是钱收不上来。为此，我写了一份"告居民书"——

尊敬的居民们：

咱们居住在城郊接合部，西邻农贸市场，治安情况特别复杂，盗窃案件随时都有可能发生。最近几年，经过大家的共同努力，盗窃等案件与过去相比虽有大幅度下降，但受整体治安环境的影响，摩托车、自行车被盗仍未杜绝。"白日闯"时刻都在威胁着我们的生命财产安全，仅10月份，我局就发生盗窃案件312起。

盗窃案件是可防的。这几年，我们社区的防范喜忧参半。喜的是，市政府重视"创安"，各方筹资"围楼成院"，建起了"公寓式"管理，设立了门卫传达室；忧的是，受资金的困扰，传达室的门卫时有时无，原因是他们的工资没有来源。1999年9月，我在许多居民的支持下，提出了"三块三，保平安"，也就是每户每月出三块三毛钱，一个季度十元钱，公开招聘了七名门卫人员，实行24小时全天候看护，每人每月工资350元。然而到了上门收钱却又困难重重，一些居民以种种借口不肯出钱。去年四季度仅收到1565元，而实际需要人员工资每月2450元，水电每月240元，每月共需2690元，每年32280元，缺口巨大。因此，到12月底，保安被迫中断，传达室又一次关门。今年农历正月初一、初二两天，秋园、八大家社区连续发生摩托车被盗事件。严酷的现实，再次摆在我们面前。正月初五，我在没有一分钱的情况下，紧急招聘保安人员，再次恢复了门卫。十个月以来，门卫来了走，走了再招，但他们的工资始终解决不了。头三个月派出所先垫了工资，可谁也没有能力长期垫付如此巨大的开支。到目前为止，门卫已有五个月没拿到工资，社区传达室再次面临关门的边缘。

面对严峻的治安形势，我夜不能寐。但我深信，我们的居民绝大多数是有远见的，防与不防是有感受的。因此，我呼吁大家积极主动伸出手来，为社区防范做出自己的贡献。

社区民警陈先岩

2000 年 11 月 1 日夜

"告居民书"写了，也贴了，可是不交钱的居民还是不交。我一直在"苟延残喘"，不够的部分就把自己的工资贴上。最后，实在没辙了，我就贴出告示："如果再不交钱，下个月传达室关门大吉。"可是，告示一贴，事情又来了，有的居民是交满了一年的钱，而且是积极主动交的，所以我根本不可能关门大吉，只不过警示那些不交钱的。我在告示里说："社区自治半年来，案件没有了，卫生也很好，但是有的居民还是不肯交钱，我们也干不下去了。"看到告示以后，来了几拨人，一拨是好心人，跑来做我的工作，陈警长，我们来帮你做工作，哪些人不肯交，我们群众组织一个讨债团，上门帮你讨。我说那怎么行呢，不能这么干，不能叫群众斗群众。一拨人跑来要钱，说我的钱交了一年的，你不搞了，把钱退给我。还有一拨人，就是不交的那些人，他们越是不交钱叫得越凶，还背地里搞我，给电视台、报社打电话告我。结果，电视台来了，报社也来了。来干什么？拍贴在墙上的告示，告示上说下月要关门大吉，那些不交钱的人就说，这样不是明明告诉小偷，从下月起这个地方没有人管了，可以放心来偷了吗？这些人，不交钱还有理了。

面对这些压力，我没有退缩，继续大张旗鼓做宣传。我把交钱的表格贴在牌子上，把牌子一溜摆开，哪家交了多少钱，哪家没交钱，一目了然。每天早晚都有好多人在看。没有交钱的不敢看，瞥一眼赶快跑了。交了钱的就围在那儿，边看边议论，为什么他家不交钱呢，他家条件蛮好的呀！啊，他妈妈的，老子交钱把这些猪养肥了！说什么的都有。

就在举步维艰的时候，感人的一幕出现了，居民汪老太给我写了一封信，还附上二百块钱。我打开这封信，眼泪当时就下来了——

陈先岩同志：

昨天下午我路过巷口，看见你 11 月 1 日夜写的"告居民书"，心里很难过。搏击天空的雄鹰也有困倦的时候，你需要群众的帮助。你的所作所为，不仅向歪风邪气做了斗争，保卫了法律尊严，保卫了社区治安，最大功绩是用雷锋精神净化了人心，唤起了人们的良知。社区的土地上流淌着你的汗水，你的汗水浇开了我们心中的鲜花。现在，保安发不出工资，你感到很焦虑。不怕，别急，孩子，俗话说众人拾柴火焰高，有良知的老百姓会帮助你的，哪怕像我这样一个多灾多病的老太婆拾一根火柴棍儿，也是我们帮助你的心。

信内附上贰佰元，请收下，这表示老百姓永远与你心连心！

好啦，我先写到这里，我要去医院挂水，我的血压、心脏都不好。我在住院的小屋里，想家，想你！

握你的手

17 幢 408 室居民　汪丽崇

汪老太是一位抗美援朝的老军人，转业回来后被分到企业，没有享受到公务员待遇，一个月才拿五百块钱。所在的单位已经倒闭了。她就拿那么两个钱，自己浑身是病，连看病都不够。平时，汪老太连开水都舍不得喝，直接放自来水喝。包括给我写这封信，没有信纸，用的是她女儿工厂里的发货单。自从中风以后，她写字的时候手抖得很厉害，轻一笔，重一笔，纸上捣了很多洞眼。这样一封感人的信，这样来之不易的 200 块钱，让我难过，让我心酸，让我抑制不住眼泪。

我突然想到，这封来信，难道不是最有说服力的宣传吗？我要抓住这个难得的实例，宣传出去，放大心理效应，让全社区的居民都来分享这份感动，从中受到教育，支持我的工作。

对，说干就干！

我把汪老太的信打出来，放大复印，张贴在门口，一下子吸引了众多眼球儿，成了社区当晚的"新闻联播"。

效果怎么样？

嘿，别提了！从当晚到第二天下午，一下子就收了七千多块，彻底解决了困难，开创了局面。

后来，没过多久，汪老太就去世了。

她是个可怜的老人。儿媳妇跟她吵架，让她有家不能回，孤苦伶仃地走了。离开人世，去往天国，像寒风中最后一片落叶。

冰火"三块三"

"三块三，保平安"在二区取得成功，我当成喜事跑到居委会，主任，报告你一个好消息！他问，什么好消息？我说，"三块三，保平安"在二区试点成功，收支持平还略有结余，社区实现了全年无案件！

我眉飞色舞，他看都没看我一眼，你成功了，我们车库可亏损了！

热脸贴上冷屁股，我鼻子都气歪了。这叫什么事啊！我费了九牛二虎之力，为社区治安防范探索出一条新路，你却认为居委会收不到钱了。我扭头走了。我是干治安的，只要对治安有利，我就要继续推广。我点我的火，管你冰不冰！

我的想法恰恰符合民意，其他院里的居民纷纷找上门来，说陈警长，为什么二区有人看门扫地，我们这儿没有？我说，好，大家别急，咱们一步步来，保证最后都让大家满意！

接下来，我开始向三区推广。因为有了二区的样板，三区的推广很顺利，钱收上来了，保安招上来了，大门看起来了。可是，还没等我高兴够，一天早上，保安突然找到我，气急败坏地说，陈警长，传达室让人家给拆了，大门没法看了！我大吃一惊，啊，谁这么大胆？保安说，煤气公司！他们说传达室底下有煤气管道不能压。怪事了！当初建的时候他们怎么不说？我说好吧，那我们就重新换一个地方建，避开管道。我组织人又盖起了一个传达室，才盖了一半，城管又来了，说是违章建筑，又给拆了。房子被拆掉两次以后，我感到其中有人在捣鬼。我动了个心眼儿，建成活动房！谁再说什么，我抬起来就跑，看你们还有什么招儿！

结果，活动房一建，没动静了。

三区成功后，我又推广到一区。一区当时围墙还没有围起来，也没有传达室，我就跑到政法委找刘书记。他原先是公安局的，对我特别支持。问我大概要多少钱，我说最少四万块，他当时就答应了。派出所得知后，立马叫指导员去拿钱。政法委管钱的是王副书记，他说，这钱不是给你们派出所的，是给陈先岩的，叫他来拿！指导员碰了一鼻子灰，这才跟我说，政法委叫你去拿钱。我赶快跑去，一看，是四万块现金，用报纸包着摆在那个地方。我喜出望外，要是给我支票，我还不好办。王副书记说这葫芦要是被别人拿走，说不定到你手里就成瓢了。我说太感谢了，太救急了！

有了钱，就开始围围墙，建传达室。煤气公司的人又来了，说你们挖到了煤气管道。我说我就在现场，我怎么不知道？煤气公司的人说，你不知道的事还多着呢，有人打电话举报。你们先停工，等我们检查了再说！我们只好停了工。两天后，煤气公司的人说，我们查啦，那不是煤气管道，不归我们管！说完就走了。我们继续施工。刚干了一会儿，自来水公司的人又来了。我问你们干什么？他们说有人打电话举报，说这底下是自来水管道。我说哪里来的自来水管道？我怎么没看见？他们说你长透视眼了吗？还在底下呢！好吧，我们就继续挖，挖着挖着，果然挖到了管子。自来水公司的人像发现了考古遗址，看看！这是什么？停工！赶快停工！我也抓脑壳了。正在这时，有位老居民站出来说，这不是自来水管，是当年盖房子用的脚手架！自来水公司的人说，不可能！哪有那么巧的事？我说，好，那我们再小心挖挖，看看管子的走向。自来水公司的人说，也行，你们小心点儿啊，挖出喷泉来你们要赔！结果，一挖，果然是孤零零的一小段脚手架管子。我说，师傅，你们快把古董拿走吧，多少也能卖几个钱。自来水公司的人闹个大红脸，悄悄跟我说，不是我们找碴儿，是你们居委会主任打电话叫我们来的！

我一听，全明白了。甬问，三区拆了两次，也是他搞的鬼！不管搞什么鬼，谁也阻挡不了我前进的脚步。

"三块三，保平安"推广的最后一个社区叫南苑社区。本来这是我最省心的一个社区，后来却成了我最烦心的。南苑社区建成得晚，建成以后就有了物业公司。大部分居民在拿房的时候，一次性交了五年的物业费，但是公司不好好管理，居民很不满意。凑合过了五年，他们就不愿意再交了。可是，有些居民是后入住的，同样交了五年的物业费，对于他们来说，应有的物业服务并没到期，他们有权要求物业公司继续服务。可是公司说，早期入住的居民都不交费了，单靠你们后来的这几十户交的钱，还不够我们喝凉水的呢，没法儿干了！公司经理跟我说，陈警长，我们最多干到年底就撤，现在跟你先打个招呼。另外，警务室用的电话也是我们的，你要想接着用，就过户。你要不用，我们现在就报停。我们没钱交话费了。

我一听，傻眼了。

我跟居民们说，物业马上要搬走了，你们怎么办？不然也学习其他几个社区，"三块三，保平安"，自己管理自己怎么样？

我话音刚落，居民老牛就吼起来，他们敢走！他们走，我们就到市政府上访！

老牛是后入住的，他还有一年的物业服务没享受到。

听他这样叫，先住进来的居民就说，要上访你去吧，我们可不去！

对，我们不去！

你们不去我们去！

先住的与后住的就吵起来。

我说，大家别吵了，我发个民意调查表，少数服从多数，社区总不能没人管啊！

调查表发下去三百二十八份，收回二百七十多份，没一家反对的，都愿意"三块三"。老牛等为数不多的人没交回表，他们说要听听自治的具体细则。我就一栋楼一栋楼地开会，讲细则，说效果，连续开了十多天的会。开会的时候，我把物业公司经理也喊来，请他跟居民们解释为什么要撤。最后，大家达成一致意见，自我交钱管理。为了规范化，我跟物业公司签了一个"委托管理协议书"，道路、绿化维护还要公司支持，该付费付费，他们也答应了。就这样，我名正言顺地在南苑推行了一种"民警主导下的物业管理"模式。

自治实施后，情况非常好，就是老牛当小组长的那个楼交费差一点儿，首先他就不肯交。后来，我把交费公示往门口一贴，他不交都抬不起头来，来往居民议论纷纷。有的说，还是组长呢，也不知道害羞？有的说，他靠我们大家养着，不要脸！终于有一天，老牛找到我，说陈警长，你把那个公示重新搞一下，把我的名字放大行不行？我说为什么？他说，因为我来交钱了！说着，就把钱掏出来。我说好啊，我现在就重新做，把你的名字放得大大的！

居民老范是个坐轮椅的残疾人，他没有收入，还要供孩子上学。他说我实在没钱交，家里也没可偷的。我说社区里困难户不少，这个不交那个也不交，交的人心里就不平衡。老范说我实在很困难。我想了想，也是，他真的很困难，但又具有代表性，他交了就可以带动一大片。我眉头一皱，计上心来，这样吧，老范，你先交了，等到年底慰问的时候，我慰问你一百块，行不？老范被我说动了，就交了四十块。我说，太感谢你了，大家都要向你学习！我把老范交钱的事在宣传栏里公布了，标题是："特困户老范支持治安防范"。这件事在社区引起不小的震动，大家都说连老范都交钱了，我们好好的人再不交就不合适了，于是纷纷交钱。到年底慰问特困户时，我提出老范算一个，社区居民都同意，说应该慰问。我把一百块慰问金发给了他，老范当时就掉泪了。

社区收费好的名声很快传出去，居然有两家物业公司到我这里来参观学习。他们问我是怎么把钱收上来的？我说招儿数很多，舆论压力也是一招儿，有时我把电视台请来，以探讨社区管理为名，巧妙地利用电视台曝光没交费的人家。有的人在外地看到电视后，赶紧打电话叫亲戚把钱送来。当然，更重要的是，居民看到我诚心诚意为他们服务，甚至自己垫出钱来，这些都感动了他们，最后形成了主动交费。

当然，收了费就要管理好。

这其中故事多多，我就接连讲几个吧——

社区无大事，多是邻里纠纷。案件有没有？也有，很少。有一年，年三十前，做生意的老杜找到我，说连续接到一个人打来恐吓电话，让准备五万块钱，否则他儿子性命难保。我安慰了老杜，同时让他装个来电显示并把来电录音。后来，恐吓电话又来了，被他记下号码录了音。我一听对方有意变换声调，就认定是熟人作案。我又按电话号找到源头，是一家公用电话。守电话的人说是个穿黑夹克的小伙子打的。我把小伙子跟老杜一形容，他马上说这是当过学徒的刘飞。过了两天，刘飞又打来电话，让老杜把钱用报纸包好，放在扬州大桥第五根电线杆下，还说如果报案就不客气。我让老杜去放钱，我假扮三轮车车夫骑着三轮车尾随。中间，刘飞变换了几个地点，最终被我生擒。在派出所里，他交代说快过年了，手上没钱回家见老人。这时，鞭炮响起来了，老杜一家过了个平安年。我想到刘飞不但回不了家，过不成年，还要受到法律的严惩，不由得心生悲哀……

像这样的恶性案件，社区里毕竟很少，更多的是邻里纠纷。比如，王生和胡贵做生意，胡贵欠王生七万块，躲了起来，被王生在南京找到。他叫了几个人用面包车把胡贵带回，关起来逼他还钱。我得知后赶到关押处，让王生立刻放人。我说这叫非法拘禁，你会被判刑的。你赶快叫胡家来人担保。欠债还钱，但不能限制人身自由。最终，事情得到解决，王生很感谢我。我由此想到，社区需要进行法治宣传。于是，一块宣传牌立起来了，不但宣传法治，有什么事都可以贴在上面，很管用。

再如，我因膝盖受伤住院期间，董家跟方家发生纠纷，原因是方家认为董家的空调外机整天轰轰，影响他休息。两人吵得要动刀，谁劝也不行。我拄着拐杖赶回社区，到处看了看，董家的空调外机安装得确实有问题。我劝董家移一下，他说移机费六十块要方家出。方家说你装空调，凭什么我出钱？又争执不下。我说不就六十块吗？我出！说完掏出一百块放在两人面前。这一激，两家都不好意思了。方家说陈警长，你拄拐来解决问题，我真不好意思，这钱我出。董家说我安空调，我出。我说，好，这钱就让董家出吧。两家握手言和，在调解书上签了字。新调来的居委会主任说，这事我们也劝了，就是劝不好，社区真离不开你。

说起我的膝盖因劳损住院，又引出另一个故事。住院手术后，我腿上绑着石膏，拐杖放在旁边，照样办公。杨秋岭家的户口就是这样办的，他非常感动。病稍好些我就出院了。不然居民老跑医院来看我，我心难安。出院后，一开始住警务室，住了几天，不行，被蚊子饱餐不说，上厕所也不方便。如果回家住，居民找我又不方便。秋岭就让我住他家去。他老婆把房间腾出来，自己带女儿住另一个房间，秋岭就跟我住一起。真是哟，亲弟兄都不一定做得到。我要小便，他把痰盂端老高；我要洗澡，他更是忙作一团，喊来小陆子，把我架进浴室，用干毛巾把石膏包上，再用塑胶带把毛巾包好，不让水冲到石膏。洗的时候，他们就往我身上倒水，淋啊，冲啊，又擦背，我几次感动得掉泪。我在秋岭家里住了一个多星期，身体恢复了，跟他也有了感情。秋岭夫妻俩同时下岗，合起来领回五六万块工龄买断钱，一家伙成了万元户，小日子过得滋润起来，家里天天宾朋不断。秋岭好客，朋友啊，工友啊，师傅啊，徒弟啊。富在陌巷有远亲，老表、小姨子、叔叔舅舅也来了。秋岭很快活，鸡爪啃啃，小酒咪咪。家里有这么多客人，饭后干什么呢？打麻将！打个小麻将，掏个十块钱。哎，最初是一桌，后来分两桌。开始打着玩，渐渐成了麻将场，吃过午饭就开打。不仅中午打，晚上接着干。钱呢，小的不过瘾，越打越大。秋岭一看，行啊，就开始从中抽水。小娱乐成了大买卖。洗牌声，叫喊声，人来人往，熙熙攘攘，影响了左右邻居，人家就报警了。接警后，我跟秋岭说，社区是居民楼，你不好变成娱乐场所。是你自己家也不行，你影响了左右邻居。秋岭一听，不高兴了，哎，你站着说话不腰疼，你一个月拿几千块，我下岗没事干，在家里开两桌小麻将，你还不让，那我以后怎么生活啊？你忘了住我家的日子啦？我说，没错，我是一个月拿几千块，你现在不拿钱。可你知道你为什么不拿钱？你下岗了，我同情你。为什么下岗你知道吗？我是什么文化，你是什么文化？你当初不好好念书，最后当了工人。当工人不丢人，可赶上下岗也没办法。我不是说你，而是说你要为孩子想，不能让她重走你的路。你看看你女儿，你女儿跟我女儿一样大。我现在给女儿创造一切条件，让她好好读书，是市里最好的学校。只要是学习方面的事，我都给她让道。你呢？你女儿上学回来就在麻将桌旁边给你倒茶，给客人倒茶。碰上三缺一，你还让她补上。小小年纪，初中还没有毕业，就已经成麻将老手了。这怎么行呢？这样下去，孩子能有出息吗？将来我女儿钱拿得比你女儿多，你又要埋怨，说你女儿做什么工作，我女儿做什么工作，对不对？你这辈子下岗就算了，正确对待，可你不能耽误了孩子！我住你家，你一家人对我的恩情我永远不会忘！正是因为我们有了感情，我才不能看你这样下去，既害了自己，也害了孩子！我这样一说，他蔫了。居民楼又恢复了平静，杨秋岭被我吸收进社区治安行动队，也有了新的工作。

好，我再接着往下讲。一天夜里下大雨，居民王大爷一早起来，看到自己放在楼道里的三轮车被人推到大门外淋了一夜雨，气得大骂，谁他妈做的缺德事？让他出门被车撞死！其实，他猜到是对门邻居嫌它堵了道给推出去的，故意指天瞎骂。邻居刘女士出来，两人就扭打起来，飞沙走石，天昏地暗。结果，王大爷用砖头打破了人家的头。刘女士进了医院，王大爷赔了医疗费，两家自此结下梁子。刘女士的丈夫很窝心，他对我说，枣子吃了，核儿还在肚子里。陈警长，我要外出施工，和解工作就拜托你了。我说你放心去吧！俗话说，冤家宜解不宜结，和解工作从哪儿入手呢？我苦思冥想，王大爷性情暴烈，家里家外争强好胜，和解工作得先从他身上入手。我发现，他没事爱坐在石凳上打牌斗地主，这是个好由头。这天傍晚，我看见他又在打牌，凑上去问大爷，怎么样？王大爷说都输两把了。我说我帮你打两把试试？王大爷说你还会打？我说试试呗！我一上手就赢回两把，王大爷高兴得像吃了肉，哎呀，都说高手在民间，想不到警察里也有！陈警长，你有空常来玩啊！我说好好！他哪里知道，为了能跟爱打牌的老头老太们凑合成一家人，我恶补打牌不是一天两天了。一来二去，我跟王大爷成了好朋友。我说大爷，您也别每天打牌，帮我做点儿事好吗？他说我老胳膊老腿儿能做什么？我说您可以参加社区巡逻呀。他说行啊，就干起来了。不久，他被评为"治安积极分子"。我又说大爷，您现在是积极分子了，各方面都要做表率，一个大男人，跟女人斗什么气？您的车堵了楼道，刘女士给推出去，她也没想到夜里会下雨，不是故意的。王大爷说陈警长，你说得对，我跟邻居道个歉吧！我说哎，这才有积极分子的风度。王大爷买了水果，主动找刘女士道歉。刘女士说您有这句话就行了，还带什么水果啊，谢谢啦！当然，水果也收下了。

又有一天，有居民来报，说楼道里的铝合金窗户被盗。啊？还有偷这个的？我赶快过去一看，发现窗户不是被盗，而是被人摘掉扔河边了。这是为什么？我一走访，明白了，原来社区里有不少人家是农民进城，还保留着农村的生活习惯，比如用不惯抽水马桶，跑出二里地去上公厕。再有，使不惯天然气，还烧煤球炉。白天把炉子放家里用，晚上就放楼道。独居老人董大爷就是其中的一位。因为煤球炉冒出来的气味儿呛鼻子，不知哪位就把楼道的窗户摘下来扔了。这段时间，雾霾来袭，邻居说都是你老头子烧煤球烧的！董大爷说我这么小个炉子有那么大劲儿吗？要我说都是你们放屁放的！得，双方吵起来。当时，为防雾霾，家家都关了门窗。有人去关楼道窗户，这才发现窗户没了，遂报了案。现在，窗户找到了，可问题没解决。我就上门做董大爷的工作。我说如果家家都烧煤，的确影响空气，再说也不安全，您还是用天然气吧。董大爷说行，家里的煤球用完了我就换。可是，他的煤球永远也用不完，邻居又来找我反映。原来，当煤球快用完时，董大爷就悄悄去煤厂买。这个情况被我发现了，我再次上门劝说。董大爷说烧天然气一个月要多10元钱。我说这钱我补给你，说着掏出30块。董大爷一看我来真的了，说得啦，陈警长，你受累帮我把炉子搬走吧。

类似董大爷这样的独居老人，社区里有不少。其中，刘英是年龄最大的。她总说儿子要害她，把儿子赶走了。夏天，她热得喘气困难，就打电话报警说楼上邻居放毒气。我赶过去一看，哎妈呀，大热天的，她用床单把窗户堵死，自己藏到浴室里，汗如雨下。这样几次三番，我发现她精神异常。我走访了她的儿子。儿子说，她总说我想害她，想要她的房子，去一次她跟我吵一次。我要陪她吃饭，她把碗摔了，让我快走。我了解了这些情况以后，把她纳入重点照顾对象。老人喜吃鱼，我就常买鱼来做给她吃。她用的是老式液化气，每次划火柴，手哆嗦点不着。我就为她买了电子自动打火。过几天一看，她舍不得用，又拆了，用纸包起来了。我又拿出来帮她安上。时间长了，她就把我当成亲人，还给我一把门钥匙，说东边屋空着归你用，你中午好休息。又说，我的寿衣放在阁楼上，哪天我归天了，你给我穿上。把后事都交给我了。我把自己的电话写在墙上，叮嘱对门邻居，如果发现什么异常情况马上给我打电话。后来，老人快不行了，就被儿子接走了。虽然不住这里了，我还挂念着，一有空就老远地跑去看望。有一次去看她，她都昏迷两天了，听见我来了，竟奇迹般睁开眼，还跟儿子说，你要留先岩吃饭啊。

像这样独居的居民，都是我重点关注的。居民高景，外号"高大头"，原是企业驾驶员，因轧死人被单位解雇。老婆为此出走，他受了刺激，独居在家，思维与众不同。他家的浴缸漏水，楼下邻居老古苦不堪言，多次找我投诉，我也去说了几回，高大头嘴里答应得好，可就是不修。我想来想去，这事不能硬来，就找到他老父亲。我跟老人说明了情况，请老人配合我把高大头调走一天。老人说行啊。这天，泰州的亲戚过生日，老人就把高大头带去喝酒，并以查煤气家里要留人为名设法留下了钥匙。高大头一走，我就带着人进屋抢修。高大头喝得大醉而归，家里发生了什么事他根本不知道。自此，楼上楼下，平安无事。

我再说说社区环境管理方面的故事吧。老旧社区没车库，居民的车都是乱停，常常因为剐蹭发生争吵，甚至动手。我为此提出整治方案，画车位收费管理。很多车主一听要交费，都不愿意。我也不急，照样叫人来画车位。我数了数，社区共有四十一辆车，我故意少画两个。画好后，我先找到一位女车主，说你要是先交停车费，我免你半年的，还让你挑好车位。你要不干呢，我就去找别人，到时候你想买都买不到。她问为什么买不到？我说车多位少，不信你去数。她一数，哎哟，真不够，就第一个交了费。我马上把这事宣传开。车主们急了，不是讲好不交吗？这么快就土崩瓦解了？我说大家都别吃惊，车多位少，谁买谁停，先来后到！车主们一拥而上，车位很快就卖光了。第二天，我又画了两个，彻底解决了乱停车问题。

社区绿化费了我牛劲儿，可就有人不爱护。刺儿头老胡就把一大块儿草坪铲了，种了蔬菜。我找他谈了几次，让他拔了，说你不拔，我可就拔了。他说你拔得快，我栽得更快！跟我较上了劲儿。果然，我前脚拔，他后脚就栽。总这样下去也不是办法。后来，我看到他有一棵心爱的葡萄树用铁丝牵在煤气管上，我跟他说你再种菜，我把你葡萄砍了！他说你敢？我说为什么不敢？你的葡萄影响煤气安全，我就敢砍！你信不信？说完我就要砍。葡萄不是菜，砍了就完了。老胡只好服软，说我不种菜了。这时，一老太太过来说，嗨，种点儿菜不要紧。我说，您别帮他说话了，我知道草坪边上摆的这两盆葱是您的，我要不制止他，过两天您的葱也会出盆入地。大家你种我也种，社区绿地就别要了！老太太也服了，说是这么个理儿，得，我把葱搬回家吧。一位退休女教师说，种菜种葱当然不好，我把家里的花摆出来接接地气总没事儿吧？她就把花盆搬进了草坪，其他邻居也效仿。我贴出告示制止乱摆花。女教师就对我说，政府号召种花绿化，你干吗不让？我说，种花绿化没有错，比方一个人要讲究和谐的美，十三四岁的小姑娘头上插一朵大牡丹，别人会夸她漂亮。您要是头上插一朵大牡丹，上街一走，人家会说这老太太昨晚一定受了刺激！女教师的脸顿时紫成茄子，说就你嘴德！我说不是我嘴德，社区环境要大家爱护。这样吧，我选一块地当花坛，让居民把花统一摆出来好吗？女教师说好啊好啊，我帮你设计。

一天，一户居民说他家的下水道堵了，我就带人去弄，可怎么弄也不通。我找到化粪池，打开一看，哎哟，里头都板结了，人站上面都行，这怎么能通呢？我急得在社区到处走，寻找解决办法。走着走着，忽然看到消防栓，哎哟，这家伙冲起来劲儿多大啊，就用它！我马上找人安好皮管，口令一下，水立马冲出来，哗哗哗，冲通了化粪池不说，还溅了我一头一身，臭不可闻。过往居民一看，感动得不知说什么好。有两家人想到自己还没交"三块三"，赶紧跑回去拿钱……

哎呀，说起管理社区的故事，三天三夜也讲不完。我们既然收了"三块三"，就要像这样好好为居民服务。

当然，我在前边也说了，"三块三"也不是那么好收的。回想起当初上门讨"三块三"，也是很好玩的。有的居民一天拖一天，就是不想给。我想，不给肯定不行，别的居民就会效仿。我想出一招儿，让保安上门去讨。那个时候，保安的工资每月六百块，我实发四百块，还有二百块是白条。保安问什么时候兑现啊？我说你去上门讨"三块三"，收得好，有奖励，差你二百块，给你二百三十块。保安们的积极性一下被调动起来，这是为自己讨啊。开始，他们上门讨也比较难，有的跑几趟都讨不到，有的还被臭骂一顿。他们很委屈，又跑来找我，说陈警长，他不给还骂人！我说你要晓得，你现在是向他讨债，不是要钱，是他欠你的。你是债主，你要理直气壮，怕他干什么？他骂人又不是打人。他要是敢打你，我马上就抓他进派出所！你要跟他说，你一天到晚在门口站岗放哨很辛苦，别人家都给了钱，就你家没有给钱，你不给我就白干了，你摸摸良心好吗？你就照我的话去说，现在就去！保安就去了。这回果然要回钱来了。我用这样的方式，一家一家地讨。到了 12 月，尤其是最后两周，我给保安加倍提高奖励，保安就更有积极性了。经过这几年的较量，有的居民就想，早也是给，迟也是给，哭也是给，笑也是给，快给他算了！谁家交齐了"三块三"，我就发个"模范家庭"荣誉证书，贴在他家门上。以资鼓励，欢迎攀比。

可是，粗糠里的油榨干了，小河里的水抽干了，居民的"三块三"都收齐了，五个院子六个门的保安费及各项开支还有缺口。这怎么办？我就动员家住社区的企业家于金涛资助。他很痛快，当下就资助了一万块。我想，资助要有回报才能长久。于是我成立了以于金涛命名的治安防范基金。基金成立那天办得很隆重，请来新闻媒体，无形中为他的公司做了广告。他很高兴，当场表态每年资助社区一万块。在当时，一个小小的社区能成立专项基金，吸引民间资本参与治安防范，这在全省乃至全国都是首创。

牡丹和芍药

我初到社区时，上门家访是与居民零距离接触的重要途径。为此，我设计了"六五四三三"。

上门"六个一"——

一身警服，一个警官证，表明身份。一张笑脸，笑眯眯。不是来抓人的，对吧？一声问候，你好！一双拖鞋，用方便袋装一双拖鞋拎着，进人家先换鞋。还有，就是一张警民联系卡。

有一项特别注意的，带着敬畏去敲门。如何敲门很有讲究，叩门、捶门、敲门、踢门，声音都不一样。你的敲门声，能传递出民警对群众是什么态度。你对群众有敬畏感，敲门就不会那么粗鲁。

走访"五时机"——

一、当居民搬家的时候。人家刚刚搬到这个地方，要上门问有没有什么需要帮助。二、有事求助的时候。居民给我打电话，正是走访的好时机。三、办户口证件时。四、居民家里发生矛盾纠纷时。五、季节性区域性案件多发时。

访谈"四注意"——

一、举止端庄。二、不说粗话，不说脏话，不随地吐痰。三、尊重居民习俗和生活习惯。四、因人选择适当的交谈方式。

家访"三不进"——

一、居民家里有什么大事的时候，不要硬闯进去。还有，居民家里只有单身异性一人在家，尤其是人家不大愿意让你进的时候，不能进。二、居民休息时。三、居民急于外出时。

有求"三必到"——

居民家有难事必到，电话报警必到，有求"捧场"必到。

尽管我有了走访秘籍，真正操作起来还是会遇到各种想不到。比如，走访辛老太。

辛老太练气功走火，我想去做个家访，跟她好好谈谈，也动员她家里人做做她的工作。她的老伴儿老黄我很少见，只知道是个画家。

这天，我敲开辛老太家的门，老黄正在画画，一看是我，一脸不高兴。我看出他不欢迎警察进家。他一面往里屋走，一面朝里屋叫，叫你别练你偏练，这回好了，把警察练家里来了！

他这样一叫，我尴尬得手脚都没处放了。尴尬归尴尬，心里却豁亮了。看来，老黄也不同意老伴儿练，这跟我有共同语言。辛老太躲着不出来，我正好抓住老黄一起做说服工作。

老黄刚才在画画，被我打断，心有不悦。他不理我，提笔接着画。画什么呢？我凑上去一看，哦，几朵大牡丹，富贵又鲜艳。还等什么呀？快赞一个吧，从牡丹说起，不就接上了嘛。

我张嘴就来，哎哟，黄老，您画的牡丹真漂亮啊！

想不到，他回过头白了我一大眼，你说什么哪，这是芍药！

啊！芍药？我脖子都臊红了。这可真是丢人现眼到家了。我抓抓脑壳，不知说什么好，啊，啊，我觉得，觉得……牡丹和芍药都差不多……

哼！老黄的鼻子暴响一下，再也不出声了。

我难过死了。草草收场，像贼一样溜出门。

但是，我没死心。

我专门拜了擅长画花鸟的好友王宁为师，跟他学习花卉常识。

王宁说，牡丹和芍药雅称"花中二绝"，看似相同，实则不同。牡丹是灌木，芍药是草本；牡丹叶片宽厚，芍药叶片狭薄；牡丹独朵顶生，花大色艳。芍药则数朵顶生并腋生，花形较小。古人云，牡丹为花王，芍药为花相；两者花期亦不同，"谷雨三朝看牡丹，立夏三照看芍药"。

为了让我更明白，他还搬出几本牡丹和芍药的画册，一页页翻着给我讲，牡丹花瓣是一层一层的，花蕊在中间，叶子张得很大。芍药叶子细小，花瓣也单。

过了几天，我再次来到辛老太家，老黄还是在画画，连头都不抬。我上去来了一句白居易的诗："今日阶前红芍药，几花欲老几花新。"

老黄吃了一惊，抬起眼看我。

我跟着又是一句刘禹锡的诗："唯有牡丹真国色，花开时节动京城。"

老黄哈哈大笑，士别三日刮目相看，陈警长，屋里请！

进屋后，我又把所学好好卖了一回。

就这样，我常来常往，成了老黄的知音，最终与他一起做通了辛老太的工作，让她脱离了走火入魔。

至于我为说服不交"三块三"的金老太，了解到她爱唱戏，也跑去戏馆学戏，那是另一个故事了。这里也简单说说——

金老太在宗族中德高望重，一呼百应。她对"三块二"不支持，影响了一大片。我几次家访都吃了闭门羹。

金老太为什么不支持"三块三"？原因是有关部门把社区原用于居民娱乐的附属房租给了超市，金老太有气，说这是居民的共有财产，你陈先岩有本事要回来，我就交费。没辙，我一方面设法要房，另一方面设法接近金老太。我打听到她是扬戏迷，而且是一级演员汪琴的老粉丝。于是就找到汪老师，拜她为师，恶补扬剧。汪琴问明原因，深受感动，不但收我为徒，还答应专门去社区为爱好者清唱一场。当我带着恶补的扬戏唱段再次出现在金老太面前时，金老太花容绽放。我们的话题从武打到唱腔，从扮相到乐曲，说个没完没了。最后，我又爆料，说汪琴老师要来社区清唱一场，金老太当场昏倒。后来，汪琴真的来了。我的一番苦心，彻底感动了金老太。她说，社区安全人人有责，陈警长，"三块三"，我支持，我帮你动员帮你收！我呢，最终收回了附属房，改成老年活动站，唱扬戏，打牌，老人们快乐无比。

说到这儿，我的故事拐个弯儿，讲讲我照顾过的两位老人。谁呀？一位黄老太，一位顾老太。

居民黄老太有两处房产，一处在皮纺街，是老房子，当初是单位分给她的，筒子楼里一单间，不大。还有一处，就在社区，也不大。为争这两处房子，黄老太家里整天热血沸腾。谁啊？女儿徐丽跟儿子徐雷。徐雷下岗了，在商城里租了一个柜台，自己站柜台。徐丽在水箱厂工作，人老实到犯傻，又有心脏病，不能做重活。她丈夫王力原来是玻璃厂车间主任，厂子倒闭后就在外面瞎捣鼓。有时候帮人家的小餐馆掌掌勺，烧两个菜。要命的是，他是个酒醉子，早上喝，中午喝，晚上还喝。有菜就菜，没菜白嘴。不喝还好，一喝就不是人，经常打得老婆抱头鼠窜。黄老太的老伴去世前留有4万多块现金，她总不放心。她怕两个人，一是怕儿媳，二是怕女婿，怕钱给他们弄去了。一会儿放这儿，一会儿放那儿，还有时候放在老姐妹孙老太那儿。后来，不知道怎么想的，非要放我这儿。这怎么办？我就叫小陆子给照个相，一共多少都照好，写个收条留给她。过后，我跟小陆子一起把这些钱送进储蓄所。黄老太不光放心不下这两样财产，还很抠，舍不得吃，舍不得穿，连自来水都舍不得喝。她中风了，我给她找了好几个保姆，最多的干三个月，最少的一个星期就跑掉了。她自己舍不得吃，也不给保姆吃。我包饺子端给她，她自己吃不掉了，剩了两个就推给保姆，说你吃吧。她中风，口水哈喇子的，吃剩的谁还吃啊？保姆不吃，她还骂人家浪费。你说谁愿意在她家干？有个保姆是苏北人，最肯干，把抹布洗得跟新毛巾似的，就是受不了她的气，只待了两个月就走了。黄老太只好住进了敬老院。

两处房子，4万块钱，好像两条咸鱼被黄老太吊在梁上。两个儿女好像馋猫，看得见吃不着，天天叫来叫去。我明白她的心思，就是拿这两样东西逗儿女玩，看你们哪个孝顺，将来我就给哪个。开始，两个儿女争孝顺，又怕落到对方手里，常常为此闹得不可开交。黄老太烦了，说你们这些不孝的，房子票子我谁也不给了，都给陈先岩！我还以为她说气话，想不到，她当真把房本放我这儿了，还写了遗书，说死后房子归我。结果两个孩子为此大眼瞪小眼，横竖看我像妖怪。其实，我心里明镜似的。我跟他们讲，你们老妈年纪大了，脑子不好用，你们不要跟她计较。她非要给我，我不接着，她生气。你们想想，我能要吗？我先帮她收着，让她安心过日子。你们都放心吧，我陈先岩一不傻二不贪，将来都会还你们。

可是，两个孩子还是经常闹。为什么？两处房子虽然一样大小，可社区这个房子好，另一处是筒子楼，不好。将来谁要这个，谁要那个，两家四个人天天到我这儿吵。我就跟他们瞪眼了，说你们别吵了！黄老太这个遗嘱是有法律效力的，如果你们再吵，我现在就把公证员喊来，当老人的面作公证。一旦公证了，房子就是我的了。我陈先岩也不要，到时候把它卖了，交公！你们谁也别想要！

我这一招儿还真灵，卤水点豆腐，两家人不出声了。我又缓和了语气，说你们都好好过日子，老太太百岁后，这些财产都是你们的，大不了平均分！两个房子面积差不多大，不就是质量问题吗？其实，你们谁有眼光的话，就要筒子楼，将来拆迁了，说不定更好。但是，你们从现在起都要孝敬老人，谁不孝敬我就不分给谁！两家人都说要好好照顾黄老太。

就这样，黄老太的家事解决了。她把财产放在我这儿安安心心，儿女们听我的话轮流照顾老人，让老人平静地走完了最后人生。我把钱取出来平分给两家，房产证也分了，女儿女婿要筒子楼；儿子儿媳要社区的。筒子楼说话就要拆迁，两家人皆大欢喜！

再说说顾老太。一天，我看见她在垃圾站捡菜叶。我问她干什么？她说喂鸡。我觉得不对，当晚就到她家去访问。进家一看，她把菜叶洗得干干净净准备自己吃。我很难过，就跟她聊起家常。原来，她是木材老板的大太太，因为不能生育，丈夫又娶了二房。二房生了儿子后病逝，顾老太将孩子扶养成人。再后来，丈夫去世，在镇江生活的儿子不认她，她一个人就从上海来到这里，借住侄子的空房。不久，积蓄用光，陷入困境。我当时掏出 100 块给她，老人坚决不要。我说，我找你儿子去，你虽不是生母，但有养育之恩。老人说，别了，去也白去。我离开老人后，想来想去，觉得去镇江也许会加重矛盾，就以她儿子的名义给老人汇了 50 块钱。老人收到后很高兴，专门跑来告诉我，说你是不是去镇江了？我儿给我汇款来了！我支支吾吾蒙混过去。想不到，老人又说，看来儿子跟我不亲，汇款连句话也没带。转眼又过一个月，老人又收到汇款，汇票上写着："祝母亲身体健康，生活愉快！"就是这样一句再普通不过的话，顾老太念了好几遍，直到念出泪。想起她当年含辛茹苦地把孩子拉扯大，到老了就为这样一句话高兴成这样，而这句话还不是她孩子写的，我当时强忍住没哭。过后，我找了个没人的地方，放声大哭了一场。半年过去了，顾老太按月收到汇款，日子也有生机了。一天，她接到汇款后，特意来警务室给我报喜。当时我正在写材料，她看到我的笔迹跟汇票上一模一样，这才明白钱是我汇的，当时就哭昏过去。我真不知道该怎样安慰她。我的节目结束了，不能再汇款了。顾老太拿出墓穴证，说这是丈夫生前为她买的，让我帮她卖了过日子用，说以后死了就把骨灰撒到长江里。我流着泪劝她别卖墓穴，说办法总会有的。过后，我开始为她申请低保，居委会说她户口不在社区，申请不了。我到处托人到处跑，求爷爷告奶奶，终于把户口跑下来给她上了低保。她每月可以领 120 块，生活总算能过下去。这年冬天，顾老太下楼摔着了，髋骨骨折。当时她已 90 多岁，苏北医院从没给这么大年纪的老人做过接骨手术，再说老人也没钱做。我找到院长王静，他是人大代表，听我介绍完情况后，决定手术费全免。我代表家属签了字。医院成功开创了史上最高年龄的手术先例。我陪在老人身边，精心照顾到出院。出院后，我又为她找了个保姆。老人恢复健康后，重新走出家门。可是，第二年夏天，她又摔了一跤，再也没起来。老人去世了，我像儿子一样为她操办后事，让她风风光光地走完最后一程。

送走老人后，我又找了个没人的地方，大哭一场。

为顾老太，为天下可怜的母亲！

仙人来访

这老头儿是突然来的，我一点儿也不认识他。

这天上午，我接待完省厅检查组，刚坐下，推门进来三位老人，打头的满头白发，八十开外，看上去像个仙人。

进来以后，白发老人就问，你是陈先岩吧？我说，是。三位老人都面生，社区里像这么大年纪的我都熟。我问，老人家，你们是什么地方的？老人乐呵呵地说，你认识我儿子，不认识我。我说您儿子是谁？他说前几天你们一块儿去北京开过会，他也是警察。我愣住了，您儿子……是我们厅长？老人点点头说我那小子是你们的头儿。我一时有点儿发蒙，难道他真是厅长的父亲？老人说，陈先岩，我在报纸上读了你的事迹，很感人，你对老百姓好，对老人也很好。我儿子不如你，他一年回不了几趟家。回来40分钟，还要讲30分钟的工作！我说老人家，您培养了一个好儿子，他现在是省厅领导，要操心全省公安的大事！他一听就乐了，说你不愧是一级英模！闲聊几句后，老人说我现在还有别的事，去看我的老朋友。我先走了，三天后再来。再来了，我要在你这儿住几天。说完，抬起屁股走了，还说别送！

白发飘飘，眨眼不见了。

哎哟喂，他是人是仙啊！

我神魂颠倒，像做了个梦，没太当回事。想不到，第三天，他当真来了，一坐下来就说我这次来就不走了，就在你这警务室里住些日子，跟你一同工作。啊？我说警务室没条件住啊！他说警务室这么大，搁个床嘛，搁个床我就能睡。听他这样说，我都傻了，不知道说什么。他看我发呆，又说我还要告诉你，我是自己过来的，你不要跟我儿子说，也不要跟你们领导说，不要给他们添麻烦，也不要跟社区老百姓说我儿子是厅长。我说那可不行，您必须住宾馆去，我给您安排。我边说边找了个借口，溜到派出所去了。

一进派出所，我就跟所长说，厅长他爸来了！所长两眼瞪着我，像看妖怪，你说谁来了？厅长他爸？我说对啊，他自己跑过来的，非要在我这儿住一段时间。所长扑哧笑了，陈先岩啊陈先岩，都说你聪明，你不会是被人骗了吧？我说不会，厅长他爸我没见过，但厅长我见过，这老头儿跟厅长长得一模一样！他还给我看了身份证，的确是跟厅长一个姓，住的地方也对。所长一听，瞪眼了，啊，真的？赶快！我说赶快什么？所长说赶快报告局长！我说老人家有交代，让我不要跟领导讲。所长说你脑袋进水了？怎么能听他的呢？他是厅长老爸，如果在你辖区里有个什么闪失，谁负责啊？说完他立马跟局长报告了。

局长一听也抓脑壳了，什么？厅长他爸来了？好，我马上过去！

不一会儿，他就带着办公室主任来了，还买了水果什么的。来到警务室后，我就向老人介绍，说这是我们局长。说完了心里直打鼓，老人家可别不高兴啊。想不到老头儿很高兴，局长，怎么惊动你了？我赶紧抢话，您是厅长的老爸，您到这儿来了，我肯定要报告局长。局长说老人家，欢迎您到先岩这儿来。但是我们有个请求，您不能住这儿，这是警务室，先岩要工作。再说，这儿条件不行，也不安全，还是安排您住宾馆去。我们这儿有好几个宾馆，随您挑，想住多少天都行。老头儿说我就要住这儿，你们谁说也不行。实话告诉你们，我这次是带着任务来的，我要代儿子考察一下陈先岩这小子！他这个一级英模可不简单，全国都没几个，里头到底有没有水分？我得在这儿好好生活一段时间，还要到群众中去听听。你们都别拦我了，我要马上行动起来。他这么一说，倒把我的嘴给堵上了，再叫他走，好像英模是假的。我忙说好好！

我开始安排他的生活。警务室是楼上楼下两层，他提出住楼上，我说住楼上不行，楼梯很窄，万一摔下来不得了。他说好，那就住楼下吧。我安排了一个姓孙的保安，我说老孙，赋予你一个光荣的任务，从今天开始，你做老太爷的贴身服务员，每天都不能离开他一米远。他上厕所要跟着，睡觉要一块儿睡。老太爷睡床上，你睡沙发。老孙很痛快，说行！老头儿却说不行，不行！我身体好好的，不需要人照顾。我就亮出"撒手锏"，您年纪大了，我要对您的安全负责。如果您不同意，那您就别在这儿住，住宾馆去。您要在这儿住，就必须接受我的安排。老头儿没办法，只好让步了，那好吧，听你的吧。

当天晚上，我在一家小饭店安排了第一顿饭。饭桌上大家谈得很投缘，老头儿还能喝几杯。酒一上头，他来情绪了，要认我做干儿子。我说老太爷，这个玩笑开不得，您儿子是厅长，我是个民警，现在又是一级英模，如果我认您做干爸，到时候口水能淹死人啊！老头儿也讲了无数个理由，非要认不可。我只好说以后再说吧。

从这天开始，我的生活中就多了一个老太爷。我天天想方设法让他开心，每天晚上都要陪他吃饭。有时我们自己做饭吃，电饭煲煮饭，电磁炉烧菜。我白天工作，他自己就到社区去，很快跟群众打成一片，交了不少朋友。

三天后，是老太爷82岁的生日。早上，我先带他到路边一家面馆吃了长寿面，然后开着我那辆长安小面包车带他周游扬州城。我这个车，破得不能再破了，外面的漆都掉得差不多了，里面一股汽油味儿，有时还打不着火。开起来全身都响。我带着老太爷从古运河一直逛到扬州新火车站。在路上，我说老太爷，今天我们创造了全省"三个之最"。他问哪三个？我说江苏省获得荣誉最高的一级英模陈先岩，开着江苏省最老的破车，车上坐着江苏警察最高领导人的老爸，这不是"三个之最"吗？他一听，笑成大菊花。

中午，我请老太爷在家里吃饭。爱人提前回来弄了一桌菜，我拿出一瓶"剑南春"。当时，这是家里最好的酒。再就是取出我去敦煌市公安局作报告时他们送我的夜光杯，这杯我从来没用过。老太爷感觉特别好，一边饮酒，一边吟诗，葡萄美酒夜光杯，欲饮琵琶马上催。饭后，我带他去浴室洗澡，体验扬州的沐浴文化。我说您这么大年纪了，跑了一天也蛮累的，下午不到哪儿玩去了，晚上我在扬州最高的琼花大厦设宴，给您老祝寿。他说啊？晚上还吃？我说对，一定要让您的生日过圆满了！他说好，好，客随主便，客随主便！

晚上的宴会，我准备了蛋糕、蜡烛什么的，老太爷特别开心。跟他碰杯的时候，我说，老太爷，我把今天一天安排的用意讲给您听听，早上为什么带您在路边店吃面？这家是专门下面吃的，您别看在路边，生意很红火，每天早上大概要下三百碗面。因此，今天等于有三百人为您祝寿，大家都来吃长寿面。然后，我们去转扬州。扬州变化非常大，我带您去视察。中午是家宴，我家有好多年没有招待过客人了，把从来没用过的夜光杯拿出来，体现出最高规格。晚上，您看，这里是扬州最高的楼，象征您老人家高寿、长寿！老太爷听我这样说，高兴得一饮而尽。

可是，问题来了，他住得高兴了，不走了。原说住一个星期，日子到了根本没有要走的意思。我心想，他年纪毕竟大了，住长了身体怕出问题，还是早点儿回去好。可是，又不好催。正在这时来了借口，公安部让我去北京参加一个晚会，活动本身就两天，我故意拖着不回来，打电话说，你们告诉老太爷，我在这边儿还有好几天，请老人家先回去吧，将来我到他家去回访。我以为这一招儿好使，想不到弄巧成拙，老太爷当时就丢下话，我一定要等陈先岩回来再走！我一听没辙了，只好赶紧回去。一回来不打紧，好家伙，形势出人意料，不到一个星期，他在社区交了很多朋友，家家请去吃饭。很多人都知道他是厅长的老爸，他还说保密，哪儿能保得住啊。他住在警务室，每天人来人往，熙熙攘攘，男女老少都来找他。他又健谈，从国内谈到国外。他看我回来了，高兴地告诉我，瘦西湖去过了，哪个地方也去过了。我问谁陪你去的？他就说哪天是张三带他去的，哪天是李四带他去的。我说现在您的知音多了，我不在家，您生活得比我在家更丰富。他笑得像个孩子。

消息传开了，有人就想通过我结识老太爷，一个是城管的王局，另一个是市局的小康。我不搭理他们吧，不近人情。这天晚上，我安排老太爷吃饭，把他们俩都叫去了。酒一下肚，老太爷就讲开了。他脑子特别好使，国际国内的形势、眼下社会的矛盾，讲着讲着，忽然讲到了城管。他不知道在座的就有城管局的，开口大骂，城管就他妈是土匪！我看王局的脸青一阵紫一阵，就插空打断老太爷，给他倒酒夹菜。喝了两圈儿后，小康猴急了，说老太爷，我想调个工作，求您跟厅长说说。老太爷酒醉心明白，当时就发火了，啊，你还有这个要求？我不吃了，饱了！说完啪地放下筷子。

得，挺好的饭菜没吃好，弄得不欢而散。回家路上，老人跟我说先岩，你交友要有分寸，像这样的人以后你少来往。

就这样，老太爷又住了半个多月。他一天都不闲，去看望孤寡老人，掺和居委会的事，跟居民一起打扫卫生，完全忘了自己是过客了。渐渐地，天气热起来了，有蚊子了，弄个蚊帐也不顶用。我说老太爷，现在蚊子蛮多，天又热，您休息不好；要不，您先回去，过一段时间再来？可他还是不想走。局领导也觉得这是个事，想来想去，又不好跟厅长说，就转个弯儿跟老太爷的小儿子说了。小儿子马上打电话给我，说不好意思，原来老父亲跑到你那里麻烦了这么长时间。他跟我们说去找老战友了，也联系不上他。这样吧，我明天上午就接他回家。我说老人家在我这里还是很开心的，没事。我放下电话，就跟老太爷说明天小儿子来接您回去。老太爷的脸一下沉下来，说先岩要赶我走了。我听了很伤感，说老太爷不是我赶您走，天越来越热，又有蚊子，这儿生活条件不好，您要有个三长两短，我怎么交代呢？

想不到，他说了一句让我一辈子都忘不了的话——

先岩，如果我真的能死在你这儿，那我可就幸福死了！

我当时都听傻了。

第二天，小儿子来接了。老太爷临走时，跟大家照了个合影。这些日子交的新朋老友都来送他。

老太爷哭了。

他走后不久，寄来一百二十块钱，让我转给特困户鲁大妈。鲁大妈一家三口，丈夫得了癌症，她本人和女儿都是智障者，是我的重点帮扶对象。那时我正在社区搞自治，提出"三块三，保平安"，动员居民交费请保安。老太爷看到交费的公示栏里，鲁大妈家应交120块而没交。他了解了情况，回去就把钱寄来，支援了鲁家，也支持了我的工作。

多么好的老太爷！

年末，我忙完手里的活儿，买了扬州特产，正准备去看他老人家，忽然接到厅长秘书的电话，说老太爷去世了。

我大吃一惊，啊?!

秘书说后事已经办完了，厅长让告诉您一声，还让把老太爷的伙食费寄给您……

我说不出话。眼泪冲出来挡都挡不住。

后来，老太爷的小儿子告诉我，老人是肺癌去世的。临终前还对两个儿子说，你们不要忘了，扬州还有你们一个弟弟，他叫陈先岩！

我泪流满面。

我对不起老太爷。

直到这时，我才知道，因为两个儿子都忙，很少有时间回家，老太爷很孤独。平时陪伴他的，是他收养的五只流浪猫，还有一柜子书。

他好不容易摸到我这儿来，我为什么不多留他住一些日子？

丢人现眼

一天，老保安刘常灰头土脸地跑到警务室，进来就要给我磕头。我赶忙把他扶起来，老刘，你有什么事？坐下说。

嗨，我女儿刘燕不争气，偷东西，被派出所抓了。

啊，偷了什么？

偷的什么我也搞不清楚。

这是什么时候的事？

四五天了。

你为什么早不跟我讲？

开始没想到这么严重，嗨，她刚 16 岁，往后可怎么办啊……

老刘边说边掉泪。我安慰他别难过，让他先回家。老刘是第一批参加社区保安工作的，开头两个月我没钱发工资，他照样干，给我很大的支持。居民反应也好。现在他女儿出了这样的事，对他来说就是塌了天。我无论如何都要帮他。我马上打电话向当班所长了解情况，所长说她偷了一条项链，价值 1700 多块，已经报检察院批捕了。我一听，坏了！又问这孩子是初犯吗？所长说是初犯。我说她还不满 18 岁，又是初犯，可以办取保候审啊！所长说晚啦，人已经到检察院啦，你早干吗去了？

检察长姚江原来是区委办公室主任，我很早就与他有一面之交。说来话长，我转业的时候，因为爱人在邗江区，我老家在安徽，进不了广陵区。在这之前，我联系了广陵区公安局，人家同意要我，那也是我最想去的地方。可是，军转办不同意我转过来，说要么回你老家安徽，要么随你老婆到邗江，广陵不好来，政策就是这个政策。我没辙了，只好同意先到邗江。我到邗江以后，又想办法办了调动，这才来到广陵。来后，组织上安排我当区长秘书，说实话我一听头就大了。我在部队干怕了，写个小报道还好说，也写了，也发表了，甚至上过军报，可是给领导写讲话稿最烦人，经常熬到下半夜，头发都熬白了。我真怕再干这个了。当时的办公室主任姚江就找我谈话，说你这秘书级别高啊，就是半个区长，走到哪个地方人家都高看一眼，将来有前途。我说我是行伍出身，笔杆子拿不动，还是拿枪好，就让我到公安局吧。姚江说，你别先下结论，再想一想，回家跟夫人商量商量再答复我。我回家也没商量，第二天还是要求去公安局。姚江说强扭的瓜不甜，好吧，你就去公安局吧。这就是我跟姚检察长的一面之交，相信他还记得我。再一个，扬州市那个时候已经发出了向我学习的号召，省委宣传部作出了决定，在全省政法系统里开展学习，无论法院、检察院的人都认识我。又见报，又上电视，去哪儿不用介绍，都知道我这张脸，连卖菜的都认识我。这都不说啦，检察院办公室的朱主任以前我们就很熟，在一起吃过饭。所以，我很自信，进门先找朱主任，让他带我去见姚检察长。姚检一看是我，噢，老相识了，又是当下的学习标兵，准会热情相迎。我就跟他说说情，小姑娘才十几岁，又是初犯，一旦判刑一辈子就完了，能不能网开一面啊？姚检肯定会买我的面子，说好好好，在法律允许范围内，可以考虑……

我越想越美，恨不得唱两句。

我顶着太阳，骑车直奔检察院。一进门，瞌睡来了碰到枕头，朱主任正好坐在传达室。哎，先岩，他叫起来，你怎么过来了？我说有个事想找姚检。他问你认识姚检吗？

我鼻子抬老高，当然，老熟人了！

那好，你算来着了，姚检正好在，我带你去！说着，朱主任就带我往里走，边走边说，姚检正开会呢，让我守在传达室，不让闲人进去打扰。但你是他的熟人，又是咱们学习的榜样，不算闲人！说到这儿，他又停下脚，盯住我问，你真的跟姚检很熟吗？

你就快带路吧，见了姚检你就明白了，不是一般的熟！

朱主任笑开了花，好嘞！

来到会议室外，他扒门听听，发言的不是姚检，这才把门推个缝儿，冲里面小声喊，姚检，有人找你！

姚检就从座位上下来，走出来。

我急忙迎上去冲他笑，姚检，姚检！

可是，他一点儿反应都没有，好像看见空气。

朱主任一下子傻了，脸拉成二尺长。

我脸上还顽强地笑着，姚检，姚检，是我，我是陈先岩！

大名报出来，吐字很清楚，陈——先——岩，可对方还是没反应。难道我笑得太过脸走形啦？我赶紧收敛笑容，让脸成为陈先岩的脸，姚检，我是文峰派出所的陈……

没等我再往下说，他就问，你有什么事？

我……

我没脾气了，只好讲起来，才讲了几句，他就说，行了，别说了，这事你去找批捕科！然后，转身就训朱主任，你怎么搞的！你不知道我们在开会吗？怎么什么人都往里带？啊！

朱主任小声解释，他说跟你很熟……

姚检连听都不听，扭头进去了。

砰！会议室的门关了。

朱主任的脑壳好像被门挤住，万分痛苦地扭动。

陈先岩，你，你说跟检察长熟，人家根本不认识你！我今天太冒失了！你……

我低三下四地赔着笑，朱主任，对不起，对不起，实在不好意思，让您跟我一块儿丢脸了。唉，对不起，对不起……

我都不知道说什么好了。

朱主任理都不理，只管往前冲。

我浑身哆嗦，头重脚轻。陈先岩啊陈先岩，你算什么东西！我越想越来气。

这灰头土脸的感觉，我终生难忘！

我失魂落魄地回到了派出所，进门就碰上所长。哎哟嗬！你这是……他歪头看着我，像看老怪物。

我的狼狈瞬间达到高潮。

这时，值班员忽然叫起来，陈先岩，你来得正好，刚才检察院来电话，叫你回话！

啊？我猛扑过去，抓起电话就拨。

接电话的正是姚检，先岩啊，实在对不起，刚才我开会开得昏头涨脑，连你都认不出来了！还是他们跟我说，那不是市委让我们学习的劳模吗？我这才缓过神儿，说赶快叫他上来，他们说你已经走了。唉，真对不起！你讲的那件事，我已经跟批捕科说过了，你不要再跑了，叫她家里人拿着户口簿过来，到批捕科找鲁科长。

姚检，姚检！我激动得要死，谢谢您，谢谢您！您千万别跟我道歉。这说明我平时跟您汇报少，所以您对我印象不深，该检讨的是我！您，您也跟朱主任说说吧……

姚检笑了，我已经跟他说了，说当年你转业的时候，我就认识你，是老熟人了。他一听，嘴巴张得老大，半天没合上。

放下电话，我就地蹦起三尺高。

所长歪头看着我，哎哟嗬！你这是……

我说，您就等着听好吧！

所长一瞪眼，你吓死谁！

两天后，女孩保释回来了。老刘跑到警务室，进来又要给我磕头，我赶忙把他扶起来。

女孩回来后，我把她介绍到皮鞋厂去工作。她本来没工作，在社会上瞎混，关了几天对她也是个教育。后来，她结了婚，生了小孩儿，日子过得很好。老刘呢，工作干得更好了。

他说，陈警长，拿不拿钱我都跟你干，别说你还给我钱！

我说，我也离不开你，离不开大伙儿。光靠我一人，浑身是铁也打不出几颗钉！

抓贼的喜剧

一天下午，居民老吴跑来报案，说 29 栋进贼啦！

老吴过去是工厂保卫科科长，工厂改制，无班可上，下午就在家里看电视。看到眼睛酸，站起来朝窗外看看。不看不知道，一看吓一跳，对面 29 栋进贼啦！两座楼间距不过三十米，他一目了然。只见这个贼顺煤气管道爬上去，从一家阳台窗子往屋里钻，上半身已经进去了，屁股还在外面扭。当时，这个社区的围墙还没建起来，贼就乘虚而入。老吴立马跑到我这儿报案。我问你看清楚没有？他说如假包换！男的女的？肯定是男的！穿的是皮鞋，腿一蹬一蹬往里钻，进的是 301 号。

我一听笑了。我对社区很了解，301 号长期空着没人住，里面根本没油水，这个贼真是瞎了眼。我跟老吴说，你赶快回去看着，别让他跑了！

老吴走了，我急忙喊人，小陆子，快抓小偷！他说来啦！我说光你一个人也不够啊，还有谁？小陆子说那帮蹬三轮的！嘿，他一提醒，我也想起来了。社区附近有一帮蹬三轮的，他们没执照，只敢晚上拉客。现在这个时候，都在社区外面打扑克耗时间。我赶紧跑过去，他们打得正欢。兄弟们，跟我一块儿去抓小偷去，干不干？他们一听抓小偷，觉得很好玩，小偷在哪儿？小偷在哪儿？我说你们跟我来，留个人看车，别到时候小偷没有抓到，三轮车再被偷了！于是留下看车的，剩下十几个撒着欢儿跟我跑。

29 栋楼紧挨着一条小河，河对面是八大家社区，也是我管辖的。我在楼下布置好人，守住各个出口，确保万无一失。然后，带着小陆子他们进楼去抓。我们上楼敲门，边敲边喊，小偷，你已经被包围了，跑不掉了，开门出来吧！

小偷一听，慌了。他不敢出来，跑到阳台上。想不到，河对面的居民闻风而动，都把窗子推开了，隔河人肉，目光聚焦。小偷跑到南阳台，居民们就喊，小偷跑到南阳台啦！小偷又跑到西阳台，居民们就喊，小偷又跑到西阳台啦！

群情激动，叫声震天，热闹得像过节。

小偷急得像鸟撞网，这边儿撞到那边，那边儿撞到这边。

可是，他不出来，我们也进不去。

这家户主是啤酒厂副厂长。我找到他的联系电话，厂长，小偷钻进你家了，你赶快回来！我们已经把他困在里面了，他跑不掉！

厂长急忙跑回来，边跑边说，我家没东西！我家没东西！来到门前，掏出钥匙一拧，坏了，拧不开！小偷从里面上了保险，厂长自己也进不去了。这下他手忙脚乱了，陈警长，怎么办？我说别急，办法总比困难多！小陆子抬起脚说师父闪开！我说不能端，一端门就完了，他还能飞了？我抓抓脑壳，忽然来了主意，你们哪家有绳子？我喊声刚落，就有居民拿来一卷晒被子用的绳子。我说，小偷不怕死，我们可要减少无谓伤亡。这样子，我们从四楼阳台下去，绳子一头拴在楼梯扶手上，一头绑住自己，从阳台爬进去。小偷现在在南边，我们从北边往里爬，进去三个再动手，三比一！听我这样一说，大家争着要上。我说，我，小陆子，再来一个！先进去的千万别急，当心他带了刀！小陆子说师父，我先下去！我说好，我第二！

就在这时，忽听河对岸居民叫起来，小偷跳下来了！小偷跳下来了！

原来，小偷听到我们要进屋了，就从南边阳台跳了下去。楼底下有一层违章建筑，他一跳下来就跌在上面。违建下有十几号人正等着他呢，加上后来赶到的群众，四五十人聚在一起冲小偷叫，你再跳！你再跳！小偷一看，不敢跳了，回头一看，东面是河，他两眼一闭，跳进河里去了。

这一跳，更好玩了。

对面的居民又喊起来，小偷跳河啦！小偷跳河啦！

这是一条古河，看上去上面有水，其实很浅，底下全是泥。小偷跳下来有好几米高，咣当一声，像木桩一样栽下去，连水带泥没到肚脐眼，整个人陷进泥里，想动都动不了。

这回真叫"栽了"！

小偷在泥水里无可奈何地挣扎，大家都站在岸上看笑话。我说，你这个贼，跳也不找个好地方跳，这回麻烦了，看你怎么办！

其实，小偷麻烦了，我们也麻烦了。他上不来，我们也够不着。这时，蹬三轮的老刘自告奋勇，陈警长，我下去捞！我说好，你当心啊！老刘说不怕，他就半条命了！说着，衣服鞋子一脱，穿着裤衩就下去了。想不到，小偷栽得太深，他一个人还搬不动。接着又下去一个蹬三轮的，两个人用绳子把小偷绑了，像拔葱一样把他拔上来，拖到岸上。有居民上去就打了他两个嘴巴。这也正常，小偷最招人恨。老刘的脚受了伤。他赤脚下去，河底有玻璃什么的把脚扎了。我赶快把他送到医院包扎。

抓小偷的热闹结束了。一审，他是从南京过来的惯犯，算上这回已经是第四次落网了。法院判他劳教三年。

小偷说，妈的，还不如偷一点儿！

我问，为什么？

他说，要是偷一点儿，最多判一年。现在什么都没偷着，三年！

我说，你这个倒霉蛋儿，那屋子是空的！

故事讲完了，还有个小尾声：

后来，老刘让我给他出个证明。我问干什么，他说老家选村长，他不蹬三轮了，想回去参加竞选。要是有抓小偷的证明，能给加分。我说好啊！我认认真真地给他写了个证明，还特别讲他为此受了伤。

这样的人，要当上村长准没错。

不知道他当上没有。

你丢我赔

　　社区安好探头配齐保安后，我顺应居民的要
求，大胆提出"你丢我赔"的服务方案，跟交费
的居民签订了"你丢我赔"的协议。协议内容很
清楚，居民放在外面的东西如果被偷了，我们照
赔或补偿。如果家里的东西丢了，我们也管。比
如门窗被撬了，我们负责修理。至于家里什么东
西被偷了，那是赔不了的，你说家里唐伯虎的画
被偷了，我把房子卖掉也不够赔。我们只能报
警，案子破了把东西还你，对此居民都很理解。
但是，就算户外的自行车、摩托车、三轮车，也
让我们苦头吃大了。每户光登记还不行，还要留
下照相资料，你是什么车，新旧如何，只有照了
相才说得清。我们为此还买了一架照相机。这都
不说，胶卷使不起。那时候不像现在，数码相机
随便照，那时候是用胶卷，用了几大抽屉胶卷。

先是柯达的，后来买不起了，就买乐凯的。乐凯是我们扬州产的，四块多一卷，便宜。照相也是个麻烦事，这么多车子，怎么照？我们就利用上下班时间，在门口等着。居民回家骑回来一辆，好，请你到这儿来拍个照。登记，建档，然后给他上一个牌照。照片印出来以后，贴在登记表上。每家有一个档案袋。那个工作做得很细，用了大半年时间。不认真不行，将来赔起来麻烦。

一天，我正在观音山执勤，忽然接到一个电话，是一个女人打的，比较客气，比较温柔。

是陈警长吗？

是的。

我给你报告一个事。

什么事？

我的自行车在家门口被偷了！

啊？我忙问，你的车放在什么地方被偷的？

就放在楼梯旁边。

你有没有跟门卫报告？

我还没有跟门卫报告。

好，那你先跟门卫讲一讲，再在周围找一找。有时候人家把你的车挪位置了，也有这个可能，对不对？你先找一找。

我找过了，没有。你们赔我吧！

好吧，你等等，我回去就处理！

实际上，我已经怀疑她报假案。

为什么？东西真的被偷了，谁还能温柔客气？首先就去找保安，指鼻子臭骂一顿，再到我这儿来告保安的状，同时也拿我是问，陈警长，我东西被偷了，你们的门是怎么看的！先发泄，发泄完了，最后才会提赔偿。这位女同胞呢？没有发泄，只谈赔偿，而且态度很好。哎哟，反常啊。

我回到社区后，把她叫来，重新问了一遍，你什么时候发现车没了？她说，早上还有，中午回来就没了。我说，好，那说明就是在这段时间出了问题，对吗？她说对！

我高声喊道，小陆子，到我这儿来！

小陆子赶紧跑过来，师父，什么事？

你陪这位居民去看监控！

啊？这女人立刻瞪大眼睛，我们社区还有监控啊？

我说，当然有啦，如果没监控，我把家里房子卖掉都不够赔！

女人一脸茫然。她刚才一说住哪儿，我就知道她买的是二手房，入住时间不长，不知道我这儿装了监控。

我对小陆子说，这样子，你把监控调回去，放慢了看。老鼠在门口跑都能看得清清楚楚，别说大活人偷车了！

小陆子说，得嘞，师父，我慢慢放。一遍看不清，我再放一遍！

听我们这样你一言我一语，女人如坐针毡，屁股一扭一扭的，脸上出了汗。

我又说，小陆子，我还有别的事，你带她先去看，看清楚是谁偷的，我非抓住他不可！

说着，我就走了。

其实，我哪儿有什么事啊，不过是跑到马路上瞎转悠。东看看，西看看，转了一圈儿，觉得时间差不多了，扭头直奔监控室。

一看，屋里没人。

一会儿，小陆子来了。我问，人呢？

嗨，她看见你一走，抬起屁股就跑了。

我笑了。

小陆子说，师父，你干吗要走啊？应该在这里看她出洋相。

我说，她已经知道错了，就给她一个台阶下。如果堵死了，我解气了，她就会很难受。大家都住在一起，让她明白是怎么回事就行了。

小陆子笑了，要不你当师父呢！

想不到，诈赔的走了，真赔的来了。

那年，城管整治道路，把社区的一段围墙拆了。保安只有一个，既要看门，又要看拆坏的围墙，眼睛哪儿够用？结果，一辆三轮车被偷了。保安吓死了，不敢告诉我。可不告诉也躲不过去啊。

忍了一会儿，悄悄跟我说，警长，告诉你一件坏事。

怎么啦？

一辆三轮车被偷了。

啊？我马上把监控调出来，一看，哎哟！中午吃饭时间，一个贼把三轮车提溜走了。很明显，车是锁着的，贼一直提溜着走。他妈的，就这么给偷走了。

保安问，怎么办？

我说，赔！

我找到车主，问车是什么时候买的，多少钱？他一讲，我差点儿背过气去，好家伙，十几年前买的！是那种老早生产的，只有一点点儿大的小三轮车，早被市场淘汰了。可是，我说话算话，再老旧的也要赔。一折旧，折了一百六十块。我们的赔偿协议里规定，按购买发票折旧，每使用一年折旧百分之十五。这是我参照物价局给公安办案出具的赔偿方式定的。同时，协议里还规定，如果居民物品被盗，看门的保安自赔百分之二十，"三块三"基金赔百分之六十，我陈先岩负连带责任，赔百分之二十。根据规定计算，我们赔偿失主一百六十块。

这是实施"你丢我赔"以来，赔的第一辆车。虽然肝儿疼，也没办法。痛苦过后，我想了个"阿Q精神胜利法"，把这件坏事大张旗鼓地宣传出去，告诉大家，我陈先岩说话算数，说赔就赔！只要你参加"三块三，保平安"，你丢我就赔！我弄一张大红纸，写上"关于丢失一辆三轮车的赔偿公告"，像表扬好人好事一样张贴出去。事情经过怎样，赔了多少钱，如何计算的，详详细细，还把那辆车的照片也贴了上去。乖乖，居民们喜大普奔，把公告围了个里三层外三层，个个笑逐颜开，好像都拿到了赔偿金。宣传效果出奇地好，本来还没交钱的居民都跑来交钱，欢天喜地参加"三块三，保平安"。

公告贴出，赔偿金到位。这时候，出现了感人的一幕。失主死活不肯要我赔的那百分之二十，塞过去，又塞回来。陈警长，你为我们社区吃的苦还少吗？我把该拿的拿了就行，你的这份我不能要！我说我有责任，是我没有管理好，我应该赔。你不要我这份钱，我跟大家不好说。他说这是我主动不要的，不关别人的事。

他坚决不要，临走还喊了一嗓子——

不能让英雄流血又流泪！

哎哟，真是惊天地泣鬼神，大伙全听傻了。

可是，也有截然相反的例子——

过了不久，有个叫刘宏的，硬说他电瓶车被偷了，要我赔。

刘宏脾气暴躁，整天跟邻居吵架。邻居是个女的，丈夫在外地打工，她带小孩在家。刘宏老跟人家叮叮当当的，骂人骂得不能听。都是些小破事，过道摆东西什么的。邻居总来告状，我就注意上他。我发现他喜欢在门口打牌，拿自己当"牌圣"，跟他打牌的人都被他骂得如丧考妣。我说我看你打牌也不咋的，来，我跟你打！结果被我打得丢盔卸甲。我如法炮制，就你这手臭牌，能这么出吗？你会打不会打？不会打一边儿发呆去！几次打下来，他服了。我就开始把他往正路上引。我说你整天晃晃荡荡干什么？他说我送牛奶。没错，他下岗了，找了个送牛奶的活儿，天不亮就送，送完以后就没有事了。睡觉，打牌，跟邻居叮叮当当。我说，牛奶你照送，送完不是没事了吗？到我们特别行动队来，搞搞灭火训练什么的，大家一起玩不是蛮好吗？他说行！我说那你就到陆太爷（小陆子）那儿填一个表。他真去填了。后来，送牛奶不赚钱，他不干了，来到我这里当保安。有一天晚上，他在院里巡逻，看见人家夫妻俩在散步，就说了句俏皮话儿，女的认为他占她便宜了，两个人就斗嘴，你一句我一句，最后斗起火来，女的上去给了他一个大嘴巴。他想不开了，死命跟人家吵。后来又到人家里去吵。乖乖，没完没了。我调解了多少趟，叫他向人家道歉，说是你惹事在前，嘴上占人家便宜。他就是不道歉。我说你不适合在这个队伍里，你结了工资走吧。我把他开除了，他从此恨上我。"三块三，保平安"搞起来以后，人家都交钱，他就不交。我想了一个点子，把他拿住了。他常在大车库里打麻将，十块，二十块，我知道后就盯着。一天，有人报告说他又去打麻将了。我等他打了一会儿就冲进去，你们在干什么？好啊，赌博！里边的人都被吓坏了。我把赌资给没收了，还说要罚款，刘宏就求情。我说好吧，款不罚了，"三块三，保平安"你是不是还没交费啊？他连声说我交，我交，我现在就交！他的钱就是这样交上来的。

这天，他突然说电瓶车被偷了，就是想来找我的麻烦。

陈警长，你不是有规定吗？你赔！

我说不是我说赔就赔。有理赔小组，大家要看监控，要有证据！

他说那不行！

我看他要吃人的样子，就自己从口袋拿出200块，你真要，我陈先岩先给你。

你给我就要！

他抓起钱就跑。小陆子冲过来要追，这是人吗？我急忙拽住，算了，别跟他计较，200块当风吹了！

想不到，人在做，天在看。不久，刘宏忽然中风了。没几天，他老婆又脑出血死了。一个馒头搭块糕，他老婆人很好，他在外面捅娄子，都是他老婆在后面擦屁股。我听说他老婆突发脑出血，赶快跑到医院去，当时还在抢救中，后来就不行了。

老婆死了，他还在医院吊着水。我看刘宏可怜，就发动大家捐款，我自己带头捐了500块，跟着有不少人都给了钱。我又以个人关系找到民政局杨副局长，向他说了刘宏家的惨状，又说他儿子是军人，眼下正在汶川地震抢险，民政局能不能去慰问一下？杨副局长当时就说我们去！当天下午民政局就来人了，又送慰问金，又给他办了低保手续，解了他的急。

打这以后，我一直照顾刘宏养病。派出所发给我的东西，我都往他那儿送。刘宏淌着眼泪，手抖抖的，陈警长，我，我……

我说你什么也别说了，好好养病吧！

有人看我对他这样关照，说这种人活该，你不要理他！

我笑笑。

你看天上的云，哪两块是一样的？就是有各种各样的云才成了天啊！

惊心动魄

　　我上任初期，居民的自行车、摩托车经常被偷，为此我想了很多招儿。首先是防，每天晚上八点，我就举着喇叭挨门喊，提请大家车辆上锁，注意防盗！尽管喊得嗓子冒烟，但很有成就感。再一招儿就是带着小陆子他们抓！

　　这天晚上，小陆子选好容易丢车的地方，把两辆新电瓶车放在那儿当"鱼饵"，我安排人埋伏在四周，同时借了一辆面包车，停在"鱼饵"旁边，车里也埋伏了两个人。夜黑，风凉，苦苦等候。一直等到凌晨两点贼也没来。我说收队！我把兄弟们带到路边小摊儿，弄了一瓶尖庄大曲，又炒了几个小菜。大家边吃边说，陈警长，咱们明晚再接着干吧。今天没抓到，手痒！

　　第二天晚上，我们照旧埋伏好。夜里一点多，一辆出租车从东面开来，开到"鱼饵"附近忽然停住，车里下来一个人，他探头看了看"鱼饵"，又回车里了。不一会儿，又下来两个人，出租车就开走了。这两个人很快接近了新电瓶车。他们嘀咕了一阵，不知为什么，一个家伙突然朝我们的面包车走去。我心里一惊，怎么回事？难道他发现有埋伏？真要是这样，恶战一触即发！我正准备冲过去支援，忽然发现情况有变，这家伙跑到车屁股后，对着轮胎尿了一泡尿，尿完又转回来。我真为车里的人捏一把汗。如果他们沉不住气先冲出来，就前功尽弃了。好样的，兄弟们！这时候，只见另一个家伙走到电瓶车前，一弯腰，乖乖，只用了一分钟就把电瓶车的前后锁加上我另加的防盗锁都给打开了。要不是亲眼所见，真不敢相信。以前都以为小偷偷车是撬锁，现在一看，根本不是。他们有工具，相当于"万能钥匙"，上去以后"啪啪啪"就把锁打开了。我在楼上用录像机把整个作案过程录得清清楚楚，算是取了证。抓小偷一定要人赃俱获，同时办案程序要求，小偷把车移开原地二十米，案件才能成立。否则，就是当场逮住了也不能算偷。没辙，只能按规矩来。我在楼上用对讲机保持与下面人的联系，眼看贼把车推到马路上了，绝对够二十米了，我大喊一声，抓！埋伏的人都冲出来。可是有些迟了，这家伙骑上车跑了。参战的一个警校实习生猛冲过去，飞起一脚，连人带车踢倒了。这家伙爬起来就跑，这时，迎面开来一辆出租车，我大声喊，出租车，快帮我们截住他！出租车真的掉头追过去。我说行啦，这回贼跑不了啦，快追！眼看出租车离贼只有五六米远时，车门忽然打开，从里面伸出一只手，一抓，就把贼拖上车，呼的一声绝尘而去！啊，我叫起来，坏啦，他们是一伙的！这些贼正是坐这辆车来的，刚才这辆车根本没走远，而是躲在附近等待接应。

　　一个家伙脱逃了，我想起还有一个呢，回头再找，早没影儿啦！

　　一场空，白忙活！

　　也别说，我记下了车号，赶紧呼叫市局"110"，报上车号。一直到下半夜，我们还在等消息。

结果，没消息。

鱼钓上来又跑回河里，钩上还挂着鳞！

我说，弟兄们辛苦了，走，吃饭去！

还吃什么呀，回家睡觉！

这次虽然失败了，可大家并没泄气。过了几天，小陆子又想出一招儿，把两辆新车放进一个死胡同，弄两根长头发丝，一头儿连着车把，另一头儿拴在瓶子上。瓶子倒扣于窗台，只要啪的一声摔下来，我们就冲进胡同。结果，到底逮住一个。管你够不够二十米，先按住再说，上次就为二十米放跑了贼。带回派出所一审，是个惯偷，刚偷了一个游戏机主板，价值一千七百多块。行了，够格了。

电瓶车是否移动了二十米，可以忽略不计了。

一张放火图

居民黄云在汽车公司行李房负责托运，有人举报他有职务侵占行为，公安局立案拘留了他。后来，因为取证困难，取保候审了。再后来，证据不足，案件撤销。这件事，发生在十多年前。

可是，在取保候审期间，汽车公司开除了他的公职。案件撤销后，黄云不服，开始了长达四五年的诉讼。他不服开除处分，首先需要劳动仲裁。他找到劳动仲裁委员会，人家说，你这件事早就失去时效了，我们不受理，你去法院告吧。他又跑到法院。法院说，劳动纠纷要先仲裁，仲裁不服的法院才受理，又推回去了。黄云一气之下就把仲裁委告上法院。法院受理后，判仲裁委赢，黄云输。这下子好了，把法院也卷进去了。黄云转而告法院，到市中院、省高院去告。当然，泥牛入海。黄云走投无路，回过头来又找公安局，说当年你们要不抓我就没这个事。公安局说，不是我们要抓你，是你们单位自己举报的，举报材料都在这儿，我们有卷宗，我们是根据举报依法立案进行侦查的，后来证据不足，我们撤销了案件，还了你的清白，你应该感谢我们才对，怎么恩将仇报啊？黄云哭笑不得，说感谢归感谢，但我现在工作没有了，你们要想办法把我的工作解决了。公安局说，你的工作没有了，可不能怪我们。我们也没建议把你开除了，是你们单位自行处理的。黄云想想也是，冤有头债有主，他又找回单位了。单位呢，二话不说，搬出《公司法》来，说单位有权处理职工，处理你并不是因为公安局把你拘留了，而是你的财务比较混乱，我们处理你没错，不服你到劳动仲裁告去！

得，仙人指路，又转回来了。

于是，黄云走上了漫长的上访路。一会儿告劳动仲裁，一会儿告公安局，一会儿告法院，一会儿告公司，来回告，转圈儿告。折腾，上访，市里，省里，北京。鞋跑破了几双，历尽千辛万苦。最后，他实在没招儿了，就写了一封匿名信。

这封信真绝了，里面没字，画了一张图——

一个人拎着汽油桶去汽车公司自杀式引爆加油站！

他把这张图直接寄给了市领导，市领导还真收到了，打开一看，惊出白毛汗！立马批给公安局侦查处理。这还用得着侦查吗？很快就转到我手里。那时候，我已选全国人大代表。

我明白，黄云陷入四角官司，上访，写信，到处跑，实在没辙了，想要走极端。党的"十七大"召开在即，要维稳，要做他的思想工作。我领了任务，把黄云喊到警务室，见了面，我忙给他倒茶。其实，他的事我早就知道，他被列为重点人口管理我还能不知道吗？但我装作什么也不知道，老黄，听说你跟你们公司有什么纠结啊？什么情况？

我一开篇，打开了他的"嘴龙头"，他哗哗哗地讲起来。不但讲，还跑回家把乱七八糟的材料复印件抱了一大堆给我。我假装认真看。看后，我说这个事你怎么早不找我呢？我现在是全国人大代表，这个事我揽了。我说话肯定比你管用，对吧？他说对呀。我说你埋怨公安局一点儿道理都没有，你们单位不报案公安局怎么可能立案？公安局经过侦查，你没问题就把案件撤销了，这不是很好吗？至于你被处理是公司的事。你当时不服，为什么不及时向仲裁委申请仲裁？时过境迁，人家不受理也没毛病。我问你，你现在有什么要求？他说我想恢复公职。我说你信不信任我？他说我当然信任你。我说既然你信任我，从现在开始，我来介入这个事。你放心，我肯定会给你一个交代。他说好啊！我又说但是，你必须听我的话，在我没有给你明确答复以前，你不要再到处跑，更不要干愚蠢的事！听见了吗？他说好，我听你的。我知道你现在是名人，又是全国人大代表，有你帮助我，这个事迟早会解决。我说好吧，咱俩君子一言！

接下来就看我的了。我首先到他单位找保卫科了解开除的事，问为什么到现在也不给他平反。保卫科的人说，黄云没受刑事处理，不说明他没事。但这个事也确实难查。托运时他有的不给票，有的给假票，关键是证人难找。当事人全国各地都有，到哪儿找去？没证人就没法取证。他在这里头捞了不少，开除他一点儿不冤。像他这种人不处理，车站就没办法干了。

一看基层铁嘴钢牙，我就往上跑，找到交通局，利用自己的人际关系见到了局领导。局领导说这个事我们知道，说实话我们也怕他上访，太影响绩效考核了。我们也想把这个事处理掉算了，免得老提心吊胆。说到这儿，局领导放低了声音，当年决定处理黄云的是我们党委书记，现在你叫他翻过来，他感情上过不去，自己否定自己？再有，当时处理了不少人，黄云解决了，其他人怎么办？先岩，你再等等，这位书记还有几个月就退休，等他退了以后再说吧。

好，这是一种解决方案。我当然不能傻老婆等汉子，还要跑别的出路。

我想，黄云为此告了法院，跟法院结了疙瘩，这个疙瘩不解也不行，万一需要法院出面帮忙了，人家不愿意怎么办？我又以私人关系找到了法院信访办的领导。她一脸委屈，说这个事实际上跟我们没关系，现在中院和高院老是催我们办好。我一听有门儿，能不能就此结成统一战线，给汽车公司施加压力，促成事情的解决？于是，我继续前进继续跑。

在这段时间里，黄云是警务室的常客。为了防止他搞出大事情，也为了防止他在"十七大"期间上访，我叫他每天下午四点到警务室来一趟。一个是跟他交心，再一个是看他在没在家。我说我这两天天天跑，你每天下午四点钟来一趟，听听我有没有新进展。他呢，特别听话，每天下午四点钟准来。来了以后就问，陈警长怎么样了？其实，我有时候是帮他在跑，有时候也没跑，干别的了。跑了我就有的说，没跑我也编点儿瞎话，说今天又跑哪个地方了，看看那个地方怎么说。实在编不出来了，就说我今天打电话到省里了，省里说这事他们知道，马上派人来。反正，真真假假，死活稳住他。

在这一年"两会"召开之前，我专门写了一封信给省高院的院长，说这个事从和谐社会角度出发，一定要妥善处理。黄云万一走了极端，对谁都不好。院长立马派了王庭长等三人来跟我谈。后来，省法院根据我的提议，给底下法院施加了压力，大家把劲儿拧起来，一致要求汽车公司尽快解决。公司迫于压力，开了若干次协调会，最终决定，不能恢复黄云的公职，但是给他买全额保险，另外再给一些生活补贴。至于给多少补贴，让我去找黄云谈，尽量少要点儿。

我就跟黄云说，我为你的事都跑半年了，真的很累。我俩也算是朋友了，你摸摸自己的心口，组织上处理你，你冤吗？应该庆幸的是，很多证人没找到，如果找到的话你早就坐牢了，还想恢复公职？我说这些，黄云听进去了，不再跟我争辩。我见他不吱声，进一步说，你见好就收吧，我给你跑了这么多地方，大家还是给我面子的。现在拿了一个方案，你看能不能接受？他问什么方案，我说你还有年把就该退休了，还恢复什么公职啊？我也就这么大本事了，你看得起我，我也尽了百分之百的努力。现在最好的方案是单位给你把保险买了，你的退休金就在社保中心拿，看病也有医保，跟有公职的人待遇一样。还有，你这些年跑来跑去，破费不少，我让公司给你一些经济补贴，怎么样？黄云听我这样说，就点点头，好吧，陈警长，那我就不要求恢复公职了，公司能不能一次性补贴我六万块？我说你省省吧，要那么多钱干吗？公司把你的后顾之忧都解决了，你还要六万块干吗？少点儿行不？我俩讨价还价，最后他同意只要四万块。

我满心欢喜来到汽车公司，心想这点儿钱对公司来说是小意思。没想到，公司死活不肯给，说太多了。我没辙，就跟法院院长说，我的工作已经做到这份儿上了，我就这么大本事了，这四万块钱的事就交给法院了，你们看着办吧，我没招儿了。再见！

我这一再见，嘿，事情解决了，四万块落实了。到底谁出的，我不知道，反正法院通知我去领。我把黄云带到法院，他写了一份停访息诉承诺书，领了四万块，很开心。我说你还满意吗？他说满意，满意！

这件事，结局可以说皆大欢喜。

但是，也有人不冷不热的。这件事在他们手上走了五六年都没解决，我五六个月就解决了，他们不舒服，哼，就你能！

现实就是如此，你干好了，有高兴的，就有不高兴的。不但不高兴，还要整干事的。人心都变了。

黄云的事了了，让我感想N多。很多时候，老百姓对政府有意见，不能都怪老百姓。政府工作人员如果能多为老百姓考虑，社会就会和谐。就像一位同行说的，人家够不着，你帮着抬个凳子来行不？在这方面，我还有故事。

居民赵田住江边桥下二十多年了，靠出售水泥、黄沙度日，所住的破房子属于早年落实政策搭建的临时房。时代发展了，江桥要重建。赵田不让施工，要求赔偿十万块，要不就给解决住房。施工方说他的房子是违章建筑，要强行拆除。赵田就要点煤气拼命，施工方害怕了，只好停工。市政请我出面协调，我说不管违章不违章，人家都住二十多年了，应该给补偿。市政说违章建筑不存在补偿。我说那你们也要人家生存啊，总不能赶到大街上去吧！我为赵田据理力争，最终市政同意给补偿。明补每平方米给三千多块，暗补在江桥施工中买他的沙子。我拿着两种方案找赵田商量，赵田一算，觉得买沙子合适，比明补钱多，就答应了。想不到，施工方提出赵田的沙子质量不标准，只能少买一点儿用于护路。赵田一听又不干了。施工方重新测量，说赵田的破房子不妨碍江桥建设，绕过去照样行。赵田说，好吧，绕就绕，只要你们施工有响声，我就点煤气！施工哪能没响声呢？得，事情又回到我这儿。怎么办？我找到市政，要来新桥效果图一看，立刻有了主意。我从多角度照了相，然后拿着资料找到市政领导。我说你看，新桥修好后，赵家的破房子多影响景观，到时候市长来剪彩看到桥下的破房子，会不会当场表扬你啊？市政领导说，这不是让我找挨骂吗？不行，破房子必须拆！我趁热打铁，又找到主管市长反映赵田家的实际困难。最终，市政府给安置了新房。赵家欢天喜地乔迁，江桥顺利施工。

再有，社区居民小崔，因为下岗，买了一辆汽车拉黑活。一天，两个路政执法者以钓鱼方式抓住他要罚款。小崔就跟他们争论。居民们都围上来帮小崔说话，一时间人多势众，执法者处于劣势，被人揪扯衣领，还有人叫着要推翻他们的执法车。我闻讯赶来，对居民们说，我把这两个人带到派出所去，大家请让开！大家都听我的，闪出一条路。可是，两个执法者说什么也不上警车。我一生气，强行把他们推上警车，带离现场。到了派出所，两个人还埋怨我。我说你们看到局势的严重性了吗？再吵下去你们要吃大亏！场面一旦失控被坏人利用，后果不堪设想。你们钓鱼执法本来就有问题，群众对此有情绪，你们要想想为什么。我这样一说，两个人才不出声了。"宜散不宜聚，宜顺不宜激，宜解不宜结"，这是我处理此类事件的方法。

对老上访户同样宜顺不宜激。社区居民孙玉珍，跟黄云一样，也是老上访户，四十岁的女人剃个男人头。她丈夫去世，单位不景气，一个人带孩子，日子很困难。她没有文化，很容易受人挑唆，动不动就到市政府去闹事，社区里没人看得起她。我来了以后，喊她大姐，她都不相信是喊她。我连喊几次，感动了她。我给她安排了打扫卫生的工作，每月可以拿二百块钱，春节又送去慰问金，让母女俩高高兴兴过了年关。女儿自行车丢了，她很着急，我就买了一辆送去。孙玉珍得到尊重，也找回自尊与自信，主动跟我说再也不去政府闹了。

一天夜里，我正在巡逻，忽然发现有个黑影在社区里转。

一看，是她！

大姐，这么晚了你还不睡？

陈警长，你一个人管这么大社区不容易，我也帮你看着点儿！

黑色星期四

这是我当年写给我们市公安局局长、政委的一封信。

> 我永远记得这个日子——
>
> 2005 年 5 月 14 日，星期四。
>
> 这一天，对我来说，对社区来说，都是黑色的。凌晨，91 门至 94 门，分别有六户居民遭到入室盗窃，损失不大，影响巨大。发案三小时，我通过走访调查，得到鲜活的第一手线索，向派出所作了报告。后来，案件破了，四名窃贼落网。我心情好转许多。但是，接下来刑警队个别同志的言行，使我寒心。
>
> 当天早上，我一来到社区，就发现所里的值班车和刑警队的刑事勘查车停

在社区里。我心一揪，坏了，肯定是发案了。许多居民在聚集，我的出现，吸引了大家的目光，七嘴八舌。我实行"三块三，保平安"后，社区已十一年没发生案件。这回娄子大了！

刑事勘查人员走后，我带着难以言状的心情回到警务室，首先找来当夜的门卫，尽量压住火，问情况。那对老夫妻大惊失色，回忆说后半夜三点多，有人从北大门进来，很快消失在楼群里。我们没跟上，以为是打牌回家的居民，就放弃寻找了。那人好像个儿不高。我叫他们回家去反省，自己再次来到群众中，大家投来别样的目光。多数人安慰我，也有人提出退保安费。

我从极度低落的情绪中摆脱出来，开始理性对待眼前发生的事情。

我找到住在社区的出租车司机小薛，他习惯在社区附近拉夜活。我问他，后半夜有没有送过客人。他说，有，那个人个子不高，说要去文泉旅社，我把他拉到地方，看他下了车，又打了一辆车走了。什么牌号看到了，但我忘了。噢，这人丢了一块手机电池在我车上。

啊，我如获至宝，赶快拿电池问寻失主。结果，张华说是她家丢的，上面还贴着卡通图。我立即把这个重要情况报告派出所沈所长。沈所长通知刑警队，来人找到小薛做材料。下午，小薛又找我，说想起来了，换的那个车是老式富康。开车的人是个老驾驶员，每天都在文泉旅社等客。这又是一条重要线索，我通过市客管处查到这辆车所属的公司，并从公司得到这个老驾驶员的信息，马上报告了沈所长。第二天，沈所长告诉我，案件已经破了。我松了口气。

但是，接下来发生了一系列令人不快的事。

首先，我提供了破案线索，心急地等待破案的消息，却没人在第一时间告诉我。刑警带犯罪嫌疑人到社区指认现场，内部称"牵猴子"，当时我也在，他们好像不认识我，根本不理我。好像我与此事无关。第二天，晚报发表的消息说，丢在车上的电池是车主的，严重失实，更没反映我及时查找并报告破案线索。我不是要表功，而是希望让社区居民知道我在积极破案，多少能挽回一些在群众中的影响。

更让我心寒的是，刑警中队长廖鹏矢口否认我提供了线索，说，你说的这些，你沈所长根本没重视，没跟我们说，我们也不知道。我问他，那你们的线索是哪里来的？他说，是群众打电话告诉我们的。我问，是谁？什么时候？他说是张华。还说，你那个派出所，没把你当回事。

我很生气。知道他在瞎说。我找到张华一问，她说我根本不知道他们的电话，根本没打过。

局长、政委，回顾我转业来到公安 12 年的历程，陌生的事业，陌生的地方，陌生的人，是组织上培养了我，当了先进典型。但是，在我周围，却存在对我不友好的同事，他们时刻梦想我能出事。对我当典型，心情复杂，甚至编我瞎话。我最怕到局里开会，碰到一些人，不知打招呼好还是不打招呼好。你打招呼，他不理，装没听见；不打，又会对我有说辞。廖鹏这样对我，或许代表着一些人。他表面是争功，骨子里是想借此打击我，出我的洋相。我想，他这样做，不利于调动基层民警的工作积极性，不利于所、队协作，共同面对日益严峻的治安形势。

我呢，不怕。

我将 如既往，扛起！

我为什么会写这样一封信，除了信中所说的，你看了下面的故事，也许更能理解。

当年，我还在部队的时候，我爱人在南京军区总医院工作。每到周末，我就去南京看她。有一天，我周日下午自南京返回，上了一辆黄河大客车。我穿着白的确良上衣、军裤。车行至中途，有了动静，有人用红蓝铅笔设赌。先是一个人在玩，旁边有四五个托儿。玩的人先让托儿挣上钱，引人上当。没想到车上真有呆子动了心，围上去就干，不一会儿就有好几个输了钱。其中有一个输了两千多块，他不肯给，设局的人就吼起来，几个托儿也现出原形，扑上去拳打脚踢。

一看这情景，我大喝一声，住手！我是扬州分区的！

分区是部队的编制，我说得特别含糊，听着好像是公安分局的。这帮家伙愣了一下。我说光天化日之下你们干什么？一个家伙说，你少管闲事！我说这事我今天管定了！这帮家伙就奔我来了。他们一共五个人，仗着人多气势汹汹。一车人，包括被他们打的那个，全吓得跑车后面去了，一个个像小鸡子被雨淋了，哆嗦成一团。我在部队天天把空气假想成敌人，入伍前在家里也跟空气练过，这下可好，来活人了！说实话我当时根本不怕他们。驾驶员一看要爆发"世界大战"，说要打你们下去打！说着就要停车。我暴吼一声，我看你敢停车！快往扬州公安局开！如果你今天把他们放跑了，我就把你当同伙！驾驶员吓得一缩脖子，踩起油门就往扬州开。

这时候，坏家伙们围上来。我抢占了门口的有利地形，瞅准身边一根立柱，双手抱紧，整个人腾空起来，左一脚，右一脚，把扑在前面的两个家伙踹倒。后面的还想过来，被椅子挡住施展不开，刚探头过来，就吃我一虎拳。我又是拳头又是脚，抱在立柱上像猴子一样飞。眼看车离扬州越来越近，我胆子也越来越大，辗转腾挪，连吼带叫，快到扬州了，你们一个也别想跑！这时，一个家伙不知用什么把车窗打破了，拿着玻璃碴子朝我乱刺。我无处可躲，手上、身上被都刺中了，血突突地冒出来，受伤的手抓不住立柱，整个人也快支撑不住了。我急中生智，冲车后的人群大喊，车上有没有共产党员？有就站出来！喊声落地，人群里突然爆发出武打片一样的尖叫，呀呀呀呀！紧跟着，蹿出一个平头小伙，双手架成霍家拳直扑上来。当时电视里正演武打片《霍元甲》，猛扑而来的小伙好像得了霍家真传，与我前后成夹击之势。我立刻像打了鸡血，浑身是劲。刚巧有个家伙一脚踢来，被我反手抓住脚脖子，顺势一推，他就摔倒在椅子后边，我上去抽出他的裤带，往他脖子上一套，再一勒，这家伙翻白眼了。平头小伙也越战越勇，把几个家伙踢打得一塌糊涂。一个小子见势不好，扒着破窗户就往下跳。车开着，人却跳下去了，只听"啊呀"一声惨叫，不死也得脱层皮。其他几个一看，跑了一个，翻眼一个，也都慌了神。他们无心再打，只想夺路而逃。哪里跑！我和平头小伙追上去，抓住一个，就抽裤带捆起一个，把剩下的三个都捆了，缩在车后的人们才活了过来。

这时，司机叫了一声，到啦！我抬头一看：文峰派出所！

派出所里一个民警都没有，只有几个保安在值班。过去不叫保安，叫联防队。一个老联防走过来，伸头往车里一看，噢，是车上的事啊，这不归我们管，你们送车站派出所去吧！

我一听就冒火了！你们倒分得清楚！我们逮住坏人给你送来，你们不管？好！我是军分区的，你现在就给我个条子，说这事你们不管，我连人带条子马上送到你们韩局长家里去！

因为我在军分区管宣传，经常在报上见到韩局长这个名字，所以脱口而出。听我这样一说，老联防马上变了脸，说你别急，你等一下。说完就跑回屋里。不一会儿，从隔壁楼里下来四个警察，晃晃悠悠，冲我直瞪眼。后来才晓得他们在打麻将，被我搅了局。

事情到这儿就结束了。我们做了笔录，把四个家伙交给他们。几个警察连句好话都没说，没事了，你们走吧。

我回到军分区，天都黑了，正巧碰上无为老乡张振富。我一身是血，把他吓了一大跳，这是怎么了？我说别提了。他赶紧用水帮我冲洗了伤口，又找来碘酒消毒，说去卫生所包扎一下吧。我说算了，卫生所早下班了，明天再说吧。他心疼坏了，忙给我下面条。我边吃边讲了车上的事，他说真吓死人了。第二天早上，我去卫生所包扎，医生说太危险了，我们下班了你可以打电话啊！我说没事儿。来到办公室，又把大家吓一跳，哎哟，跟老婆打架了？还是张老乡爆了料。部队非常重视，立即作出向我学习的决定，还给我记了三等功。记者纷纷来采访。《扬子晚报》最先见报，题目叫《长途客车上的搏斗》。

两年后，我转业来到公安。分局政治处说你会写东西，我们也缺人，这样吧，你先去派出所工作，以后上来写东西才顺手。

无巧不成书，去的正是文峰派出所。

所里人一见我直发愣，哎哟，怎么有些面熟啊？

他们很快叫起来，噢，是那个神经病啊！

于是，我的苦日子开始了。

我不知挨了多少打击，受了多少委屈。有时候顶着风去上班，眼泪会不知不觉地淌出来……

崔大牛皮

崔大牛皮喜欢招摇撞骗，本社区居民倒没有怎么骗，兔子不吃窝边草，他在外面搞。比如，有些饭店老板都以为他是什么主任，有人喊他郭主任，也有人喊他郭书记，怎么叫的都有。不同的对象，他就跟人家吹自己不同的职务。他在饭店也不白吃，吃过以后也给钱，他就是听人喊着舒服。有的时候，他玩得又太夸张。有一次，他坐在租来的车上，把一个外来人也叫到车里，然后他就开始打电话。给谁呢？听起来好像是给市委书记，书记啊，我是郭子，我马上到新华区了，你那个事情我已经安排好了。今天第一组已经去了，去了三个人，带了两副铐子，您就放心吧！他讲得跟真的似的，那人一听，他真不简单啊，手眼通天，跟书记说话都这样大喘气儿。其实，电话那头根本没人。他凭这么笨的手法，居然从马钢骗来钢板，然后低价倒卖。

认识他的时候，我刚刚到社区，对他不了解。有一天，他来报案，说家中鱼池子里有几十条鱼，头都被铲掉了。这真是稀奇的事，谁干这么蠢的事啊。我马上去他家看现场。他住一楼，楼下有个院子，也不过十个平方，东边起了一个水泥鱼池子，跟桌子差不多大。池里养的鲫鱼、草根鱼都被捞在池外，用锹把头都铲掉了。这是什么人干的呢？崔大牛皮的老母亲告诉我，这帮人有三四个，进门就说是检察院的来搜查。他们先翻翻柜子，然后又去院子里把鱼捞出来，把头铲掉，最后拿了几件衣服走了。他们走了以后，老母亲急忙给儿子打电话。崔大牛皮马上回来了，一回来就到派出所报案，说国民党土匪来了，不得了！所里去了好几个人，看现场，拍照片。的确，家里被翻过，却没拿钱，只是拿走了几件衣服，把鱼祸害了。当时，崔大牛皮的身份是物资公司下属的一个公司的经理。派出所分析后认为，来人肯定不是检察院的，会不会是生意上得罪人了？崔大牛皮说不可能，我从来不得罪人，跟我来往的都是朋友！后来，我们把人抓住了。主犯身上揣着刀，崔大牛皮的衣服就放在他家的洗衣机里。他承认事情是他带人干的，原因是崔大牛皮搭上了他的女人。派出所的人就说，老崔你可真牛皮，还说来往的都是朋友，小命儿都差点儿没了！

我亲自感受到他吹牛皮，也跟鱼有关。案子破了以后他很开心，说要带我去钓鱼。我说哪儿有白钓的鱼，现在钓鱼是要钱的。他说花什么钱？我每星期都去钓！你看我家鱼池里的鱼，都是我上一次钓的。后来他老爸悄悄跟我说，你别听他吹牛皮，这些鱼是他从批发市场买来的。我一听就乐了。这是我亲耳听到他吹牛皮，但是我没往心里去，也没认为他有意骗人。我想，他要做生意，经常会约三朋两友到家里吃个饭，打个麻将，临走的时候送两条鱼给人家，说是我钓的，人家好接受。要是说批发来的，难听不说，人家也不愿要。可是，后来他吹得越来越离谱了，说自己是市纪委书记。大丰农场有个人想调动，他去了以后说自己是纪委书记，人家就好吃好喝招待他，还给了土特产什么的。当然，调动的事他不可能办成。人家后来直接写信寄给这位"纪委书记"，问前几天答应调动的事有没有进展。信是寄到市政府的，原装的纪委书记拆开一看，说我什么时候去大丰了？给我查！结果查到他身上，把他给抓了。可抓起来以后，案子办不下去。他吃了喝了，也拿了特产，可是没骗钱，不够处理的，只能先收容审查，继续搜集证据。首先到他经常吃饭的饭店去，一提他，老板就说，哦，是崔主任啊！我问谁说他是主任的？老板说他不是纪委一室的主任吗？别人都这么喊，我也就喊了。我问他在这里招待客人，有没有欠单什么的？回答说没有。

实际上，他没有白吃人家的，只赚名头不占便宜。搜集证据无果，案子办不下去了，准备送他去劳教。他老母亲知道了就来找我，见到我就哭，接着"嗵"地一下，就往我跟前跪。哎哟，我慌死了，赶快把她扶起来，老人家，您跟我妈同年，怎么跪我跟前啊？快起来吧！她泣不成声，光知道哭。我把她扶起来，老人家，有什么话您就说。她说你救救我们家小崔。我说，老人家您放心，他这个案子还没有到结的时候，问题不大。我把老人劝走后就带着卷宗去找局领导，说调查下来，这家伙毛病是有，在外面招摇撞骗也是事实，反正适合什么场合，他就往什么场合说，但是他也没干什么实际的，就是吹吹牛皮自己舒服。他母亲已经70多岁了，又是癌症晚期，恐怕不久于人世，再把他关起来，他妈就见不到他了。我跟领导求情，领导说可以考虑。

过后，我又到他家去，看有什么能帮忙的事。老母亲还是一见我就跪。我特别心酸。那时候他孩子还小，是他前妻生的，身份证还没办，我赶快去帮忙办了。就在这时，好消息来了，收容劳教制度作废了，于是就把他放了出来。

崔大牛皮出来后又吹上了。他先把带进去的衣服被子全烧了，理个发，洗了个澡，意思是把晦气全弄掉，重新做人。接着，晚上请大家吃饭。吃饭就吃饭，我也不回避。要想把这个人引导好，就必须跟他打交道。作为社区民警，跟三教九流都要打交道。但是，跟谁打交道，心里要有数，是神递炷香，是鬼给张纸。吃饭时，我跟他说你要吸取教训。我正说着呢，他就开始吹上了，说他跟当时市面上传说的一个"大人物"关在一起。我说，你又瞎说了！那人根本就没有进去，前几天我还在公园看到他。你这个牛吹过分了。你怎么回事啊，死不悔改啊？就算人家说吹牛皮不犯法，你也不能这样瞎吹啊。你再改不好，马上又要进去，你要死了你！

我就是这样不留情面地教育他，特别是当着人的时候，只要他吹牛稍微过分一点儿，我马上不给他面子。他也最怕我，他在社区里跟人家说，我谁都不怕，就怕陈警长一个人。但是，我有我的原则，关键时刻，该维护他就维护他，该批评他就批评他，该帮助他就帮助他，该教育他就教育他，分得很清楚。我当面喊他"崔大牛皮"，这雅号也是我喊出来的，没哪个敢这样喊他，都喊他崔总、崔书记、崔主任，这个那个。我是带开玩笑带敲打，亲热中又有威严，提醒他少吹牛皮。

但是，他管不住自己，再次犯了事。中间相隔大概有三四年时间。而且，他住的楼又划给了别的社区，不归我管了。他的家人还来找我帮忙。我说，这次问题严重了，别想我再为他求情了。

什么事呢？有个女出租车司机违反交规，被交警大队扣了驾照。她为拿回来到处找人，瞎猫碰上死耗子，找到了崔大牛皮。他说哦，就这个事啊，我是管交警的，我明天就叫他们把驾照还给你。吹就吹吧，还闹了一夜情，当晚开房跟女的睡了一觉。哎，这就犯罪了。因为这女的为了把驾驶证拿回来，有求于他而迫不得已。后来，东窗事发，被女人的丈夫发觉了。开始想私了，拿点儿钱算了，可双方为钱的多少闹翻了，人家就报警了。我们所里立了案，一查，花不郎当的事多了，老账新账一起算，抓人搜家。来到他家，把床一掀，哎妈呀，床底下有一堆伪造的"红头文件"，甚至还有省委的"委任状"，委任他为"扬州市政法委书记"。这个事就闹大了，判了他三年。

刑满出来后，我一直没他的消息。有一天，一位退休的老公安跑到我这儿来说有人要请我吃饭。我问哪个？他说崔总。我一听，警惕了，哪个崔总啊？老公安随身带着一本宣传企业的画册，我一看，乖乖，是崔大牛皮！他不知通过什么门路，居然把老消防支队的办公楼租下来，开了家消防公司，说是"国家消防特级资质"，完全没有的事！他又吹上牛皮了。我对老公安说，你知道他几进宫了？你趁早离开他，他是一个牛皮筒子！你好歹也是老公安，不愁吃，又不愁穿，跟在他后面干什么？想想吧你！老公安一听，舌头伸出半尺长。

　　送走老公安后，我专门跑到崔大牛皮的办公室，指着他说，你啊你，你好不容易出来了，千万不能重操旧业了！

　　唉，这个崔大牛皮，尽管早不归我管辖了，可仍然是我的一块心病。

丑娃光光

光光的妈妈在怀孕时吃了一些药，药里的成分就落到光光身上，出生时他差点儿死了。发烧许多天，捡回一条命。可身上没有汗腺，头上没有几根毛，像《三毛流浪记》里的三毛一样，嘴里还长了几颗虎牙。他知道自己丑，也不避讳人家说他丑。到了上学的年龄，家里把他送到培智学校，里面都是残疾儿童。光光很活泼，既不自卑也不自闭。毕业后没有工作，成了社会闲散人员。

光光的爸爸下岗了。他跟老婆关系不好，又看光光长成这样，心里很郁闷，经常不回家。光光的妈妈一气之下也离开家去外地当保姆。光光没事干，整天骑辆破自行车到处乱窜，也不扶龙头，拐弯时屁股一扭，惊出路人一身汗。其实，他身上也有闪光点，曾经多次代表扬州残疾人参加省残联运动会，获得短跑银奖和铜牌。有一回，我发现他被卷进一宗案件，幸亏不深。我想，他再这样混下去，很容易被坏人拉入伙。不行，我要把他管起来。

当时，我正在社区推广"三块三，保平安"，需要招门卫。光光能不能来干呢？虽然工资不高，但是能解决吃喝，地点又在家门口，社区居民也能接受。因为大家都是看着他长大的，很同情他。如果放在别的社区，居民可能就不同意了。我让邻居从侧面先问问，当保安他干不干？邻居回复说他干。我就把他喊到办公室。他问我，你是叫我看门吗？我说是啊。我干！好，明天你就上岗。

我们的谈话就这样简单。

第二天，光光就上岗了。

我发现他特别珍惜这个岗位，值夜班从不睡觉。有的门卫干到下半夜就瞌睡了，趴在那里睡觉。光光可不，每天晚上"小老鼠眼"都瞪得大大的。生人摸进来，猛地看见他还真吓一跳。管事！

有一次查岗，我看见他手里好像在弄什么东西。我一进去，他赶紧藏到桌子下。

我说，哎哟，是什么东西，你还不给我看？

他就把东西拿出来。我一看，是橡皮泥捏的小狗。很生动。

他说，下半夜想睡觉，拿出来捏捏就不困了。

光光捏橡皮泥的手艺是在培智学校学的，孙悟空、猪八戒、弥勒佛、财神爷，他都会捏。不用看图，捏什么像什么。因为没钱买橡皮泥，他捏了又毁掉。我说，我给你钱买橡皮泥，上岗的时候没事儿就多捏一些，摆起来，别毁了。你有这门儿手艺，说不定可以当饭碗呢！

光光听了高兴坏了。

有一天，一个智障孩子跑来找他玩，光光说他在上班不能玩。这孩子说你光光头上什么班？别气我了！抬手就给了他一巴掌，脸都打肿了。光光疼哭了也没还手。我找到这孩子，狠狠骂了一顿还不解气。可是他脑残，我也没辙，只好回来安慰光光。

光光说，我要是穿上保安服，他就不敢打我了。

我一听，光光有追求了，希望自己能当个真保安。

这让我很为难。未经保安公司培训，按说不能随便穿保安服。但光光提出来了，对这样比较特殊的人，又要多给他一些理解。怎么办？嗨，管他呢，天塌不下来！我自己掏钱买了一套保安服，拿回来就给光光穿上了。他别提多高兴了，整天穿着，连睡觉都舍不得脱。

没想到，有一天局领导把我喊到办公室，上来就说，陈先岩，我从来没有批评过你，但是我今天要跟你说一下，昨夜我带队巡逻到你们社区，你怎么让"瘌痢头"穿上保安服，像什么样子？

我说，您别生气，听我讲讲这个可怜的孩子好不好？于是，我把光光的生存状况详细讲了一遍。我说，让他当保安，一是给他提供工作岗位，让他有生活来源，更重要的是怕他滑到坏人堆里，那就太麻烦了。我安排他专门值夜班，也考虑到了对外影响。

听我这么一说，局领导也理解了。

时间一年年过去了，光光已经20多岁了。有一天，我在街上突然发现他骑车带着个女孩。嘿，他还真有门儿！晚上我查岗时问他，你是不是谈对象了？他傻笑笑。我说，好事啊，什么情况？原来，这个女孩是培智学校的同学，长得不错，就是脑子有点儿迟钝。她对光光蛮好，但是父母不同意。我说父母亲不同意不可怕，关键是女孩好就行。不介意的话，你什么时候带来，我给你当当参谋。光光说好。第二天晚上，女孩来了，我见她真心想跟光光好，就鼓励他们谈下去，说你们真谈成了，我当证婚人。

有了我的鼓励，光光的胆子就大了，经常约女孩过来陪他值班。可惜好景不长，被女孩父母发现了，他们不让女孩再出来，也不准光光到家里去。光光失恋了。白天不肯起床吃饭，晚上值班也非常不耐烦，泥人捏得越来越不像样儿，美女成张飞。我劝他说，谈恋爱要动心眼儿，她家不让你去，你就不去了？你怎么那么傻？不对，你要经常去，去了嘴甜一点儿，什么事情都要抢着干！他们女儿也不是一翘叮当响，能找到你很不错了。你要有自信，你不就是长得丑点儿吗？但是你智商高，你俩正好互补！

　　我一方面嘴上说，一方面想办法帮助他。当时，有记者经常来采访我，上报纸，上电视。他们采访我的时候，我就有意把光光带出来，说我是怎么培养他的。记者们一听很感兴趣，就去采访他。于是，光光就出现在我的事迹里，很快引起了社会关注。后来，还有记者专门在《扬子晚报》用一个整版报道他，标题叫《丑人光光》。上面有一幅光光正在捏泥人的大照片。这份全国发行量最大的晚报出版后，产生了连锁反应，电视台来了，省报来了，隔三岔五就有各地记者前来采访光光。光光经常上报纸、上电视。社区少年班搞活动，请他去讲励志故事；扬州民政教育基地收藏了他的泥人；他的泥人摆上东关街市场，一个月能卖一两千块。

　　就这样，光光成了名人，女孩家的父母再也不反对女儿跟他交往了。2009 年，光光跟女孩结婚了，婚礼是我主持的。婚后，光光得了一个胖小子，聪明又漂亮。他妈妈也不在外面当保姆了，高高兴兴回来带孙子。他爸爸看到自己有了这么个漂亮孙子，也乐了，也回家了。一家从此团圆，日子越过越好。

　　现在，我经常看到他们一家五口在街上玩。一看到我都围过来。他妈妈说，多亏你哟陈警长，我做梦都会笑醒！

过招破烂儿王

老王是收废旧的，人称"破烂儿王"。他自己不出去收，而是坐在家里，别人往他那儿送，他再往上送，相当于"一级站"。

我到社区以后，对这一块儿抓得很严。因为卖破烂儿往往是销赃的源头。当年盗窃电缆犯罪现象很严重，不光电缆，工业用铜、扣件等金属一类东西，也时常被盗。

有一天晚上，我去查破烂儿王。他不在，老婆在。我来到他的库房，拿手电一照，发现了一大卷儿铜丝，还有一些铜块。我问他老婆，这是什么？他老婆装傻，说不知道。我说，你不知道我告诉你，这叫工业用铜，不属于生活废旧。这些东西我没收了，老王回来你告诉他，到派出所去接受罚款。

第二天，我穿着便服正在居委会谈事，老王

进来了。居委会刘主任忙起来打招呼，哎，老王，快请坐！老王的库房是租居委会的，租金不薄，所以刘主任对他很热情。我呢，因为刚来社区没见过他，他也不认识我。

老王没坐，沉着脸说，刘主任，那个房子到年底我就不租了，我不干了！

刘主任吃了一惊，你搞得好好的，为什么不干了？

现在生意太难做了，也赚不到钱。派出所新调来一个姓陈的"跨子"，好凶，我在这里干不下去了！

扬州人蔑称"跨子"，专指我们安徽人。

刘主任一听他叫我"跨子"，急死了，拦也拦不住，只好苦笑笑，指着我说，老王，我给你介绍啊，这就是新来的陈警长！

老王当时就傻了，两眼瞪成牛蛋。

我笑了笑，你看我这个"跨子"有多凶啊？

老王的脸一下子紫了，抬起手就给自己一个嘴巴，啪！

哎呀，陈警长，我有眼不识泰山，我有眼不识泰山！

我说，我也不是什么泰山，就是个社区民警。

刘主任接上去说，老王，陈警长是部队转业干部，刚来咱们这儿，你不认识，闹误会了。

老王连连点头，误会，误会，陈警长，您大人大量啊！

我们就都坐下来。我问他什么时候来的，从哪儿来的。他说他是兴化人，原来在村里做会计，后来不干了，带着老婆来扬州收废旧。他这样一说，我就清楚了。兴化是个大县，有好多人来扬州收废旧，不仅有陆地上的，还有水上的，开船沿运河走，用绳子拴一块大磁铁，放进水里拖着，遇到一些金属就粘上了，有时候还能粘上硬币。我就这个话题，跟老王拉起家常。我说咱们一回生二回熟，我没你讲得那么凶。可话说回来，我不管也不行。你知道那些铜丝铜块的来源吗？那不是生活用品，是工业用品，收这些你就超出范围了。他说哎呀，不收这些东西不挣钱。我说你要晓得，这些东西很可能就是偷来的。还有人把窨井盖都收了，结果人掉下去了。什么汽车轮胎的钢圈，像这些东西都收去了，那都是偷盗的。

我们防偷盗要两手抓，一是抓现形，再一个就是堵销赃。对不？老王光点头不说话。

我跟老王见面不久就是中秋节了。晚上，老王摸到我家，手里拎个蛇皮袋，进门就说陈警长，我昨天回兴化了，带点儿老家的黄鳝给你，不是买的，野生的，是老家的土产，给你尝尝鲜。

这倒让我为难了，怎么办呢？不接不近人情，接下来往后就不好说话了。我想想，只好先接下来。我看他抽烟，这就好办。这些黄鳝最多就百把块钱吧。第二天，我买了条"红南京"香烟，花了100多块，晚上去送给他。他怎么都不肯要，我说你要是不肯要，我就把黄鳝给你拎回来。他没辙了，只好要了。

不管送黄鳝也好，还是后来送猪蹄也好，他送给我，我绝不会白吃他的。我这个人就是怪，你不管送我什么，我照收，但是我肯定会返给你一样东西。千万别以为送来还去有交情了，成兄弟了，就会放宽管理了，那就搞错了。我该怎么管还怎么管。老王觉得跟我套近乎白搭，过了一段时间，他真的撤走了。

老王走了，房子空了。刘主任很着急。我说别急，办法总比困难多。我早就注意到，像老王这样收破烂儿的人很多，进出社区没人管。不仅有销赃隐患，安全也成问题，有时收破烂儿的还为抢生意发生冲突。对这个乱象，我必须整治！

这天，我发了个通知，限制从今往后任何人都不许随便进社区收废旧。社区收废旧准备采取招标方式，不设标底，谁给的钱多，就让谁独家承包。通知一发出去，收废旧的顿时炸了窝，乖乖，社区这么大，谁中了标要发财呀！

招标当天，来了好几个投标的。当场发信封，每人一个，各装各的钱，五分钟后把信封交回来，当场清点报数，谁装的钱多谁就胜出。结果，有一对夫妻装的钱最多，巧了，也姓王。他们交的承包金，大大超过了老王原先的房屋租金，居委会的收入不但没少，反而多了。

收废旧规范了，社区也安全了。

到了年底，承包人真的发了财，非要请我吃饭。

　　我问，你打算请我吃多少钱的饭？

　　他说，怎么也得花个四五百块！

　　我笑了，好，这饭当我吃了。明年承包费怎么也要提高四五百块！

　　说老实话，像这些收破烂儿的、做零工的，都是社会最底层的老百姓，他们很难。政府也好，工作人员也好，要换位思考，尽可能体谅他们，方便他们，更不要利用手中的大小权力为难他们。现在，社会风气变了，这些社会最底层的人为了生存，不得不低三下四讨好一切需要讨好的人，想想真让人心酸。

　　我们社区的金花，就是这样的可怜人。

　　金花是外来人口，比我大五六岁。她在社区门口开了一间皮鞋作坊，一天也做不了几双鞋。丈夫特别老实，一天到晚不吭声。那个时候，我们搞暂住人口登记，每月收十块钱管理费。我到她那里登记，她总是磨磨叽叽，不肯登记，又是讲又是哭，很伤心。我说你们两个人，一年满打满算也就 240 块，你真有困难，就先收一半。金花认为长期住在这里，年年都交钱，积累下来也是一笔不小的开支，就想跟我打商量。为这个，她多次要请我吃饭，陈警长，我想请你吃个饭，你赏光啊。当面说，我就当面谢绝了。又叫小陆子带信，要请我吃饭。我说，我已胖得痛不欲生，谢谢她。

　　一天傍晚，居委会华主任对我说陈警长，我有个事想跟你说说。我说好啊，什么事？他说正是饭口上，咱们弄两口，边吃边说。我说那可说好了，我请你啊。他说嗨，咱俩谁跟谁啊？走吧！

　　这个华主任蛮缠人的，不大好对付。我心想，他主动喊我，不去不好，弄两口就两口，感情深一口闷，也听听他有什么事。

　　来到社区附近一家小饭店，才坐下来，金花就像鬼影一样闪进来。我说你怎么来了？她说华主任喊我来的。华主任就接上话，对，对，人多吃饭热闹！我明白了，这是一个局。

　　但凡请客吃饭都是一个局，要不怎么叫饭局呢。

　　这时，华主任把菜单往我眼前一放，陈警长，你点吧，喜欢吃什么就点什么。

　　我看这个架势，肯定是金花买单，她不容易。我就点了四菜一汤，什么韭黄炒鸡蛋这类便宜菜。华主任还要点一个硬菜，我说行了，一共就三个人。华主任又说酒呢，无酒不成席啊！说完，抬起屁股就跑到隔壁超市去。我的妈呀，他拿了一瓶"剑南春"过来，这酒当年卖100多块。一瓶酒就是　个人一年的暂住费啊。

　　我说你怎么拿这个酒呢？他说这是一家小超市，这是最好的酒了。我说你没有领会我的意思，这个酒太好了，我是苦命人，不喜欢喝这个酒。华主任问那你喜欢喝什么呢？我说最喜欢喝二锅头。华主任说哎呀，那才两块多。我说酒好不在钱多少，二锅头好啊，曲香醇正的粮食酒！华主任只好去超市退了，换回四小瓶二锅头，一共十块钱。

　　席间，我跟金花说，都说吃人家嘴软，我这个人，吃了人家嘴照样硬，依法办事一点儿也不含糊。现在有规定要收暂住费，我就必须收。你有困难，我可以照顾你迟些日子交。你的钱真不凑手了，我也可以先替你交上，这都行。但是不交是不行的。听说这项规定很快就要取消，我也希望早点儿取消。老百姓不容易，政府别再这也收费那也收费了。如果有了准信儿，我第一个告诉你，好吗？你做皮鞋，也不是特殊行业，不需要我们管，只要你好好做生意就行。有什么问题、有什么人欺负你，我肯定帮助你，你只要跟我说一声就行，不用请客破费。

　　听我这样说，金花掉了泪。

　　饭局过后不久，快过春节了。一天晚上，我家门铃响了。谁来了？华主任！他哼哧哼哧扛着一个箱子。我说你扛的什么啊？他把箱子往地上一放，你猜？说完，不等我猜，自己就把箱子打开了。

　　我的妈呀，整整一箱二锅头！

　　我当时就傻了，你给我送来这么多二锅头干吗呀？

　　你不是喜欢喝这个吗？

　　我的华主任哎，我哪儿是喜欢，那不是想让金花省两个钱嘛！

找上门来的女人

　　一天下午，一个女人走进警务室，打扮入时却满脸怒气，好像我欠了她五斗米。

　　你是这儿的警官吗？

　　我是。

　　你是不是姓陈？

　　是。

　　我有事你管不管？

　　我愣了一下，什么事？你讲。

　　你还我钱！

　　嘿，这真是躺着中枪啊，我都不认识你，你怎么跟我要起钱来了？

　　欠我钱的人就在你这个辖区，你要管！

　　你云里雾里的，到底什么事？你好好说！

　　她掏出一张纸。这是一个男人写的保证书，保证五年以后跟自己老婆离婚，跟她结婚，否则就赔她 5 万块钱。

我一看，好啊，原来是这么回事，顿时火冒三丈。我把桌子一拍，啪！你这个不要脸的东西！你插足人家家庭，还拿这个破条子来敲诈！看我不收拾你！

她被我一吼，吓傻了。

你要识相，趁早给我滚出去！

她拔腿就跑了。

人跑了，事情没跑。我私下了解到，写保证书的是浴室老板杨亮。他刚来辖区一个多星期，承包了一个浴室。这个女人叫孔春，三十来岁，丈夫出事被判了七年，她自己出来混生活，傍上了杨亮。我没有声张，这毕竟涉及人家的隐私。

过了几天，我来到浴室做例行检查，发现孔春跟杨亮都在。他们俩好像和好了。孔春见了我特害怕，如同老鼠看见了猫。她先是转来转去，后来开始讨好我，给我削了一个苹果，又把茶倒好。我斜她一眼，没吱声。后来杨亮私下跟我说，孔春一见到我腿就抖。我说小杨，你家里有老婆孩子，又跟孔春不清不楚的，这叫怎么回事？当然你是做老板的，有你的生活方式，但我觉得起码的道德底线是要有的。杨亮说陈警长，你不知道，她跟我时间不短了，帮了我很多忙，对我还是蛮贴心的；现在她在浴室管财务，我没个管财务的也不行。

我心想，这终究不是个事儿，很多案件的发生，都是小三插足引起的。我要想办法做杨亮的工作，让他早日结束这种不正常的关系。

一天，杨亮要回老家过 40 岁生日，他请我去，还请了社区主任等几个人去参加他的生日宴会。我答应了。为什么？我正想去他家看看到底是个什么状况，他妻子是做什么的，人品如何，长相如何，家里情况怎么样。我正好去深入了解一下，摸摸底。再说，他家离扬州市区也就个把小时车程，耽误不了多少时间。既然是摸底，我就做了准备，带了个 DV。那时候，不像现在用手机就可以拍了。

我从杨亮一出门就开始拍，一直拍到他老家。我说，小杨，你过生日很喜庆，我给你来个全程录像，到时候刻成光盘给你留念。杨亮很高兴，觉得自己很风光。

杨亮的老家在高邮市一个农村集镇上，家里地方很大，二层小楼，大门口按习俗搭起帐篷，还有充气彩虹门，亲朋好友摆了20多桌。我一进去，他夫人就迎出来了。杨亮赶紧介绍，这是我们社区的陈警长。他夫人很热情，也很大方。老公过生日，她刻意打扮了一下，头发吹了，脸上化了淡妆。我一看，人很漂亮，忙前忙后照顾客人，走路像一阵风似的。过了一会儿，杨亮的两个小孩也来了，大的是女孩，小的是男孩，两个小孩都不错。我问杨亮，这两个小孩都是你夫人照顾的？他说是的，还有我父母亲也都是她照顾的。我心说，好家伙，两个小的，两个老的，一家五口真够她累的。

我把镜头对准了生日宴会，重点放在小杨老婆的身上。开始喝酒了，客人们都站起来闹酒。我趁机大声说，各位亲朋，当年小杨他俩结婚的时候，大家有没有参加婚礼？大家都说参加了。我又说，他俩当时有没有喝交杯酒？大家就乱起来，没有喝，没有喝！我就挑事儿，大家说现在要不要补一个？大家都叫起来，对，对，要补一个，要补一个！小杨夫妻俩闹不过客人，扭扭捏捏地喝了个交杯酒。很亲热，很恩爱，全都收入了我的镜头。

当晚我就赶回来了。我把生日录像刻成光盘，在电脑上一放，哎呀，镜头真美！我把杨亮叫过来一起看，边看边说，小杨你看看，你有这么个大家庭多让人羡慕啊，父母把你养大不容易，现在他们也该享享福了。享谁的福？享你老婆的福！我打心眼儿里佩服你老婆。你在外面花天酒地，她一个人在家里，照顾两个老人，侍弄两个孩子，家里还有五六亩地也要她打理，她是贤妻良母啊！小杨，要我说你真不是个东西！你怎么对得起你老婆？你还给野女人写保证书，要跟你老婆离婚，你的良心被狗吃了吗？啊？

杨亮想不到我借口看光盘把他臭骂一顿，脸当时涨成个紫茄子。他说陈警长你骂得对，我不会跟老婆离婚，更不会跟孔春结婚。我想等两个孩子毕了业不再需要人照顾了，我就把老婆接过来。只是，我眼下需要人……

我说你这是什么理由！你需要人雇一个就是了。举头三尺有神明，你像现在这样下去是会遭到报应的。我既是你的朋友，同时又是警察，看到你不对了，我就要管你！

杨亮不吭声了。

我说，我给你时间，你再好好想想，我讲得对不对？

隔了一天，我又教育孔春。我说小孔你到我这边来一下。她就来了。我说前两天杨亮过生日，你没去吧？她的脸就红了。我说你为什么不去？说来说去还是胆子小，你没这个勇气。你有勇气跑到我这儿来要钱，为什么没勇气到他家里去？你没去，没感受到那个喜庆的气氛，我真觉得有点遗憾。这样吧，我拍了片子，你感受一下，分享一下！

我就放录像给她看。她看得很认真，看到杨亮跟他老婆喝交杯酒的时候，我突然按下暂停键，定格在喝交杯酒的镜头上。我说你看，杨亮的老婆长得怎么样？不错吧？你再看杨亮跟他老婆多亲啊，他们才是一家人。人总是要有归属的，你的归属不在杨亮这儿，我希望你早日结束这种不清不楚的关系。这算什么呀？只会害你又害他，你们是没有结果的。你丈夫以后回来知道了怎么办？杨亮他老婆知道了又怎么办？

孔春什么也没有说，就是淌泪。

我说，你再好好想想吧。往后，有什么困难需要我帮助，你就说。

后来，孔春消失了。我问杨亮怎么回事，杨亮说不瞒你说，我受了你的教育，小孔也受了你的教育，我们分手了。我问他，你有没有给她钱？杨亮吞吞吐吐。我说给就给了，她也不易。

再后来，杨亮把老婆孩子都接过来了，一家人快快乐乐。

有一天，我在街上看见一个女人。哎，那不是小孔吗？我叫了一声，她回过头。一看，不是。我说对不起，认错人了。她说没事。

女人转身走了。

望着她的背影，我忽然有些难过。

不知道小孔现在过得怎么样？

吃打虫药拉金条

　　这天，我来社区上班，只见居委会门前的空地上人头攒动。一个穿白大褂的人，正在条桌前宣讲什么。桌上放了一排试管，还有实验用的瓶子、放大镜、显微镜。哎，这是搞什么？我也挤上去听。白大褂个子不高，四十来岁，一口川音。他说他是四川绵阳医学研究所的，这次到这边来收购人体寄生虫，也就是蛔虫。他问，大家小时候吃没吃过打虫子药？听的人都说吃过吃过。连我也犯贱，说吃过宝塔糖！白大褂说，对，宝塔糖就是打虫子药。你们不知道吧？这些虫子很值钱耶！大家都惊叫起来，啊？白大褂说，骗你们我是龟儿子！

　　这时，我才注意到桌上的瓶子里泡着各种各样的虫，有的像蚯蚓，有的像蚂蟥，还有的像蝴蝶。说实话，我从没见过这么多虫。

白大褂说，这些虫子对人体有害，可用于医学研究又很值钱。值多少钱？我报下价啊，普遍的二十块一条，也有五十块的。少见的就贵了，像这种蝶状的，一条两千块！

哎哟喂！两千块，比我工资都高。我不上班了，在家拉虫子好了！

社区里弱势群体多，下岗工人多，一听虫子能卖钱，个个把肚子捂着，妈呀，我肚子里会不会有虫啊？要有两千块的就发财啦！

一时间，人们乱起来。

白大褂跷起脚喊，别乱，别乱，有虫跑不了，没虫不白跑，你没虫，家里人有啊！来，来，来，让我看看你肚里有没有虫？

他这样说，我也好奇了，他长透视眼啦？

只见他拿起放大镜，拉过一个人的手就照，哎哟，你手上的纹路真典型啊，不但有虫，而且成堆啊，能做虫子代言人了！

好家伙，平常说谁肚里有一堆虫，还不把人吓半死？现在可不，这位一听肚里虫子成堆，当时就疯了，噢，噢，我有虫，我有虫，我要发财啦！

他一疯，大家都急了，争着抢着让白大褂看手。白大褂真热情，看一个，你有虫！再看一个，你也有虫！第三个呢，有大虫！走路别放屁啊，小心把虫子崩丢了。凡是有虫的，白大褂都顺手发药，回去就吃啊，吃药免费，打虫挣钱！明天早上大便别用抽水马桶，要拉在痰盂里。我一早就到这儿来等你们，按虫论价，童叟无欺！

不一会儿，到场人人都领了药，个个儿大嘴咧成瓢。我有虫，我老婆也有虫，我们全家都有虫，哈哈哈！

我又听又看，脑壳发蒙。他发药收虫，居民有收入又利健康，这是多好的事啊。再看他发的药，正规厂家驱虫药，也没毛病。转念又一想，天底下哪儿有这么便宜的事？

第二天，我一大早就赶过来。哎哟喂，院里的景象让我哭也不是，笑也不是，只见居民们排起几大队，个个端着痰盂，捂着鼻子，还有的提溜着裤子就跑出来了。急！白大褂认真观察着痰盂里的虫子，用镊子夹出来，放进瓶子里。他旁边多了一个女助手，帮助登记。白大褂问得很详细，你叫什么名字，在哪一栋住，一一登记下来。又说，这个虫子蛮好的，值五块钱！这个虫子更好，你真会拉，值二十块钱！他说值多少钱，女助手当场就兑现。排队的居民看到前头的人当真拿到了钱，更兴奋得抓耳挠腮。喂喂，你的虫卖了多少钱？哎哟，你拉了二十条？你是猪啊！

我纳了闷了，天上真掉馅儿饼啦？

不是我不明白，是这世界变化快！

第三天，白大褂对小有收获的居民说，你身上还有虫，是更值钱的，药量不够没打下来。居民一听很着急，那怎么办？白大褂说，我不能老免费发药啊，你们还想打虫的，就花钱买药。得，他开始卖药了，二十块，五十块。再有，收押金。他对居民说，你肚里这个虫子老值钱了，起码是两千块一条，我看了，最少有三条！但国产药打不下来，得打进口针。进口针我就不收钱了，但是我要收押金。万一你把虫卖给别人怎么办？这些居民也真傻，就信了他的话，一交好几百块，最多的上千块。白大褂一边儿收一边儿登记，说明天你拿虫子来，我退押金买虫子。你今天交五百块，明天只要拉出一条，我就连本带利给你一千五百块！拉出五条你就是万元户！来啊，快来争当万元户啊！

居民听他一吆喝，都抢着交押金，一边儿交一边儿说，我明天肯定把虫子卖给你，不卖给你卖给谁啊？白大褂说，嗨，那可不一定，现在到处都有收虫子的，连国营药店都收，价钱也许比我出的还高。万一你财迷卖给别人，我这进口针就白瞎了，一针一百多块呢！

他这样一说，交押金的居民就更是铁了心了。白大褂收完押金就打针。往哪儿打？肚脐眼儿！好家伙，居民也豁出去了，不管有多少人站在旁边，衣服一掀，肚皮一亮，来吧！

扑！就是一针。

我一看，大尾巴狼终于现形了，居民肯定要受骗上当。

我马上冲过去拦住他，嘿，嘿！你这是干什么？收什么押金？

白大褂一下子傻眼了。

交了钱的居民乱起来，陈警长，这事不用你管，你当警察管你警察的事去！

社区的一个老护士长更是亮明身份，站出来力挺白大褂，说打虫是为了居民身体健康。我说你这话说得太早了，他是为居民身体健康还是行骗，咱们要冷静分析。这样吧，打针先停下来，把押金先退了！老护士长说你真是狗拿耗子！我说哎，这耗子我今天拿定了！老护士长还要吵，我顾不上她了，转而对大家说，居民们，我们吃的是大米饭，喝的是自来水，拉的只能是蛔虫！两千块能买一条金项链了，照他这样说，等于我们吃打虫药拉黄金，这可能吗？居民们，清醒清醒吧，让我说你们什么好啊！

居民说不用你操心啦，昨天他都给我钱啦！

我问给了你多少钱？

居民说好几十块呢！

我又问那你今天押金交了多少？

居民说好几百块，他明天还退我呢。

我说能退当然好，就怕明天找不到他了！

居民一听，瞪眼了，这可能吗？

我说怎么不可能？

居民不吭声了，死羊眼盯住白大褂。

因为我是警察，白大褂做贼心虚，乖乖把押金退掉。我一看，好家伙，眨眼工夫已经收了两三万，再收下去还得了！他的行医证什么的都是复印件，我问原件在哪儿？他说在宾馆。我说你去把原件拿来。我扣下他的身份证，让他回宾馆取原件。

结果，人一走就没回来。

时隔不久，派出所接到报案，在工人新村社区，白大褂收了大笔押金，第二天老头老太端着痰盂再也找不到人。从早上一直等到中午，大便臭死了，只好倒掉。有的人还舍不得倒，端回家臭了两天。

我们社区可比工人新村大多了，要不是我出手快，居民损失就惨了！现在可好，不但没损失，有的还得了小利。

居民们听说工人新村被骗了，个个儿大惊失色。老护士长却不信，说我瞎诈唬。这天她去买菜，我主动喊她，护士长您慢点儿走，我跟您说说。她像见了大妖怪，扭头就走。谁知第二天她见到了我，离老远就打招呼，先岩，先岩，喊得亲亲热热。

有人悄悄告诉我，她刚才去工人新村啦！

社区像头蒜

曹建是下岗工人，没有活儿干，就摆地摊儿卖东西，什么纪念品呀，首饰呀。在哪儿摆？文和路。当年文和路晚上有一个自发的夜市，晚上六点就摆开了。市政府为了规范管理、还路于民，决定取缔这个夜市，把夜市经营集中到菜市场。经营的人们不肯去，因为文和路是晚上人家逛街的地方，有生意，归到菜市场哪个去？他们就要上访，拉横幅到市政府。市局安排片警做好本社区人员工作，不要参加上访，名单上就有曹建。当然，这就落实到我头上。

我找到曹建家，他爸爸本身是社区"夕阳红"巡逻队的，比较好说话。我跟小曹说，听说你们明天都要去上访？他说是的，我们本来工作干得好好的，现在下岗了，只好自谋职业，卖卖小商品，搞个生活费。现在市政府要取缔，把我们赶到菜市场里去。到那儿能卖什么？你不让我上访，我就要饭去，到市政府要饭去。

我说你不要干夜市了，干点儿别的好不好？你在那个地方摆地摊儿，一天能赚多少钱？我看你经常夜里两三点才回来，很辛苦。你愿不愿意跟我干？我一个月给你六百块生活费。他半信半疑，真的？我说真的，你明天来找我吧。

第二天，曹建果然来警务室找我了。我问他以前是干什么的，他说干电工。我说正好我这里有电脑，也带个"电"字，你先学学这个吧！他说好啊！实际上，电工跟电脑是两码事。但是他蛮聪明，对照书学，很快就入门了。开始他打字比我慢，个把星期摸下来，就打得比我快了。后来，有什么需要打的，我就让他打。

就这样，曹建被我收编了。我有了两个帮手，一个小陆子，一个他，跟着我搞外来人口管理，巡逻。我还任命他俩为保安督察，监督社区保安的工作。两个人，一个白天，一个夜里，轮流巡视辖区，哪个门卫睡觉了，上去给他搞醒。我到哪儿去处理事情，他俩一前一后，或者一左一右，被人家戏称"哼哈二将"。我们三人经常在一起研究怎样搞一个社区人口信息平台。研究来研究去，终于成功了。我把电脑一打开，整个社区的平面图就有了，可以进入每一栋楼，进入每一户，从户主开始，全家所有人的基本信息都点得开，成为当时扬州市唯一自己设计的社区人口信息系统。在整个设计工作中，曹建发挥了特长，功不可没。

收编曹建这样的人，是我管理社区闲散人员的一种办法。还有就是组织起老年人，让他们发挥余热，老有所为。其实他们也有他们的问题，离休老干部情绪不稳，整天牢骚满腹；退休职工从单位人变成社会人，失去归属感。端着碗吃肉，放下碗骂娘。但是，这些老人底子红、根子正，关心集体，热爱国家。我抓住主流，成立了"夕阳红"义务巡逻队，从十三个人发展成三十多人，分成七组，再根据他们参加革命时间的先后、离退休前的职务等资历情况，任命一名队长、七名副队长，让离退休人员回归了组织。老人们臂戴红袖章，每周在社区巡逻一天，还有学习日、参观游玩、到烈士陵园重温入党誓词等，实行了老人自治，自我管理，自我教育，理顺情绪，促进和谐。社区有一家浴室，我组织"夕阳红"义务看管浴室外的自行车。作为互惠，让老人洗浴得到优惠。每年中秋节、重阳节、春节等节日，我都要给老人发水果、瓜子。老人们都不愿意离开这支队伍，很多人离开本社区了，照样回来参加巡逻，为的是跟老伙伴们在一起。我看到有的老人年事太高，动员他们退出，老人还为此难过。有的老人一直干到去世。老人们无所求，有位闵老爷子对我说，等我上了小茅山（墓地），你能给我送支花就行。后来，老爷子走了，我送了花，磕了头。多少年过去了，想起这事，我还忍不住流泪。

社区就像头蒜，笼而统之管理效果不好，要一瓣瓣剥开，分而治之。我收编老人、无业青年，又把妇女组织起来，成立了腰鼓队。自己掏钱购买服装，又到学校借来腰鼓。报名的妇女很多，最后发展到四十多人。节庆办事都拉出来敲打一番，活跃了生活，增强了团结。

特别是收编了像小陆子、曹建这些无业青年，组织起应急小分队训练救火、擒拿格斗，社区有紧急情况五分钟集合到位，成了我的好帮手，也为服务社区做出了贡献。

有一次，居民小两口为星期天回哪边的家吵起来，一生气，各回各家，忘记了锅上煮的猪蹄。结果猪蹄烧干了，小屋起火了。我带应急小分队赶到，用竹梯爬上二楼，把火扑灭。这时，消防车也赶到了，消防队员冲上楼，举起太平斧就要破门，我伸手拦住，说别破坏门，火已经被我们扑灭了。消防指挥官说你们处理及时，又让群众减少损失，干得好！这一切都被闻讯赶回的小两口看到，他们感动得落泪，发誓不再吵架。

还有一次，"地头蛇"牛三来到吴老汉的水果摊前，拿起芦柑就吃，吃完了说不甜，拿起一个又吃。吴老汉说小本生意禁不起。牛三就问多少钱一斤？吴老汉说三块。牛三说你卖黄金哪！说完，把芦柑皮剥了让吴老汉称。吴老汉说没有这样买芦柑的。牛三说皮能吃吗？说完就把摊子掀了，还动手打吴老汉。曹建闻讯带着应急小分队赶来，三下五除二把这家伙拿下。我叫警车带人，牛三说我公安有人，你抓我会后悔的！我说不管你有谁，打人撒野就不行！后来，政法口的一个处长打电话找我，说我有个老乡得罪了你，我给你赔罪，请给个面子。我说不是得罪我，是得罪了社区居民，不能轻饶！牛三被拘留15天，连年都没过成。

后来，曹建重新找到了适合自己的工作，到西路器材厂当了电工，离开了我，离开了保安岗位。

我创建的保安室，就像一座超级小兵营，铁打的营盘流水的兵。在这里，像曹建这样的，前前后后共"入伍"过二百七十多位下岗职工，工资表上都有记载。实际只有二十一个岗位，怎么办？我就登记下来，像个人才库。下岗工人找我联系工作，我就问你是哪一栋的？叫什么名字？原来干什么的？然后登记造册，编号上墙。比如曹建重新找到工作离开了，我马上就从登记册里找出一个人补上位置。

我经常跟下岗的人讲，我这里工资不高，但你刚刚下岗没事做，就可以到我这儿稍微站一脚，也能拿几个生活费。而且有个好处，在家门口。你吃饭就回家，吃过饭后上班就可以了，不要到处跑。一旦你找到新岗位，提前一个星期告诉我就可以了，你走你的。人往高处走嘛。就这样，有来的，有走的，解决了他们的生活困难，也让社区保安不断线。

曹建走了不久，小陆子又跑来告诉我，说二区保安小张要走了。我说好，把工资结给他！

然后，我两眼就往登记表上看，嘴里叨念着，下一个该轮到谁接班了？

这帮家伙

这帮家伙都有谁？

白瓷八、马三、疤四、小光头和小平头。

白瓷八是当地带黑社会性质的人物。我来社区的时候，他已经被逮捕了。但残渣余孽还有，马三就是其中的一个。他一报"白瓷八"的名字，别人就哆嗦。马三主要的罪行就是强收保护费。社区有一家歌厅，他经常到那里收保护费。我来了以后，重点打击收保护费。我跟歌厅老板说你不要信邪，不要给他什么保护费。老板害怕马三，当我面说不给了，背后还是悄悄给。我知道后很生气，把他叫来，说就是你们这些人把他喂大的！从今往后你再也不要给了。别怕他，我给你撑腰！后来，马三去过两趟，没捞到好处。本来心有不甘，但是电视上对我的宣传很多，他知难而退。

有一天晚上，快十点了，我跟小陆子他们正在值班，忽然看见歌厅那边一下子来了五六辆出租车，停在门口后，每辆车里都下来三个小伙子。情况不对啊，怎么一下子冒出这么多出租车？正说着，又来了五辆出租车，又下来一帮人，一个个好像袖子里还藏了东西。我跟小陆子说你赶快打电话报警，就说这边儿要出大事！说完，我一口气跑到歌厅，往门口一站，横在那里。

我是警察，你们要干什么？

带头的小光头晃过来，警察怎么着？你少管闲事！这是我们跟他个人的事！

我说有什么事到派出所去说！如果你们今天想要进去，除非把我陈先岩打死了，从我身上踏过去！

小光头一听，陈先岩？哎哟，这是电视上老宣传的人啊，他嘴就软了。实际上，这些家伙欺软怕硬，你真比他狠，他也就怂了。他知道跟警察斗没好处。道上人说，跟警察斗就是跟天斗。就在两下僵持的时候，远远地警车开来了，警报拉响了。小陆子报警成功。小光头听到警报响，慌了。他们中间有人喊，我们还等什么？赶紧撤吧！小光头说，撤！于是，所有的车都发动起来。他们走了以后，我出了一身冷汗。乖乖，今天真要是动起手来，恐怕要出人命啊！

疤四当年也曾与白瓷八一起称霸，后来被劳改了。释放回来后，他跟我说认栽了，愿意好好过日子。我说好啊，就帮他搭了个棚子，让他摆摊儿卖西瓜。他家比较困难，我又把他岳父岳母收编了，让他岳父看大门，岳母在社区扫地，都派上活儿，有些收入，一家人的生活就平稳了。昔日称霸的疤四，就这样被我"怀柔"了。类似疤四这样劳改释放回来的，还有一个叫阿丹的。他因为打架被判了六年，出来后没工作，社会上不三不四的人又来找他。他父母很着急，我也很着急。我跟阿丹谈话，从他父母春节探监说起，那年春节前，两位老人千里迢迢来探监，赶到的时候，时间已过。天黑了，刮着风，在新年的鞭炮声中，他们互相依偎着取暖，在痛苦不安中，在饥寒交迫中，度过了大年三十……我的话让阿丹落泪，他说要好好过日子孝敬老人。我为他媳妇解决了户口，使他孩子上幼儿园免了赞助费。当初我为此写了好几页申请材料，同事们都说，你别白费功夫了，写了也不会批。但我坚持争取，最终感动了领导，破例批了。接着，我又为阿丹的生计奔忙。有关部门给我盖了警务室，我分出一块儿给阿丹当门脸儿，让他做点儿小生意。我问他想卖什么？阿丹说院里老人多，我开个寿衣花圈店吧。我说使不得，不死也让你吓死了。后来，阿丹开了个肉店，生意很好。有一天，工商来了，说他是无照经营，要他停业。我跑到工商去，说这是他的饭碗。工商说，你给他这个饭碗，我们的饭碗就丢了，他必须办照。可是，办照就要有经营地点房产证。警务室没房产证，我到处跑求爷爷告奶奶，说挽救一个人走上正道不容易，最终说服有关部门，给阿丹办了照。阿丹的肉店越开越好，又添上蔬菜，老婆也参加经营了。家里的两位老人感动得给局里写了感谢信，还非要给我一千块钱。我不收，他们就长跪不起。

话扯远了。白瓷八还有个弟子，也是个小平头，十八九岁，个子长得挺高。他来到胡老板开的浴室洗澡，洗完后竟然想敲诈，说放在衣服口袋里的七百块钱被人偷了，非叫老板赔，还报了警。胡老板没辙就打电话给我。我一看，哎哟，是胡老板求助。当初他叫电工为我的警务室接上了电，后来我几次给他电费他都不要。我跟他说有需要帮忙的就找我，他也从没找过。看来，今天他真有麻烦了。我赶到后，胡老板就跟我诉苦，说这家伙经常来洗澡，从不给钱。今天他不给就算了，倒来要我赔他七百块！

我问小平头，你的钱是怎么丢的？

他说是放在衣服柜子里丢的，柜子被撬开了。

我来到衣柜前仔细查看。门上有个锁，的确是被撬开了。可是，我再细看撬痕，发现了问题。

我马上把他喊过来，你老实说，这锁是不是你自己搞的？

我吃饱了撑的？

好，不是你对吧？现在你给我看清楚，锁舌朝里弯还是朝外弯？

朝外弯。

好，朝外弯是吧？你再看啊，我现在把锁舌还原，把门锁上，我再从外面把它撬开，你看看锁舌朝哪边儿弯？

当场一撬，锁舌朝里弯了。小平头眼睛直了。

我大声问，锁舌朝哪边儿弯？

小平头不吭声。

你说不说？啊！

……朝里。

我啪地一拍柜子，你好大胆，竟敢伪造现场！你拿钥匙打开门后，用手把锁舌朝外一掰，就去敲诈人家，是不是？

小平头还想要赖，说没有。

你还敢说没有？现场你已经看过了，这个小儿科你不要跟我玩！再说，你那七百块是从哪儿来的？

是我妈给的。

你妈什么时候给的？

昨天给的。

好，我马上打电话给你妈，问她是不是给了你这么多钱！

小平头不吱声了。

实话告诉你，就凭你伪造现场报假警，我现在就可以把你带派出所去！

别，别……

这小子吓得往地上一跪，我以后再也不敢了……

小平头被制服了。

其实，别说小平头这样的小混混了，谁想跟我要赖都没好果子吃。有几个企业老总的驾驶员，仗着跟我们派出所领导关系密切，在另一家浴室洗了澡不但不给钱，还把老板打了，把浴室砸了。我向所长报告了情况，所长半天没吭声，我把帽子往桌上一放，说如果不依法查处，我这个警察就不当了！所长叫起来，谁说不抓啦？于是，这些仗势欺人的家伙都得到了应有的惩治。

小平头被制服后不久，又有四个家伙故技重演，也说钱放衣柜里没了，让胡老板赔。其中一个自称是副市长的侄子。他们在浴室里洗完澡后住了一晚上，第二天说衣服里的两千块钱没了。胡老板只好再次找我。他说以前这些家伙没少找麻烦，我都私了了。这回他们的胃口太大了，实在没办法。

我来到浴室，只见四个家伙还睡在里面。我问你们是什么地方的？叫什么？其他三个都老实说了，剩下这个家伙说，我叫王什么，我父亲是谁谁。我说你们的名字都报过了，现在该轮到我报名了。我叫陈先岩，本社区警察。你们是什么情况我很清楚，你们少跟我来这一套！要生是非，在我这儿搞错了地方！我指着那个姓王的家伙说，你刚才讲你是王副市长的侄子对不对？我告诉你，王副市长当年当综治办主任的时候，我们就打过交道。你叔叔我也认识。你的父辈都是领导干部，你不为他们争光，反而到这儿来偷鸡摸狗，学地痞流氓那套，你还好意思把他们抬出来说。你信不信，我现在就给王副市长打电话，叫他亲自来领人！

这小子马上叫起来，别，别打电话，千万别打电话！陈警长，我在电视上经常看到你，我有眼不识泰山，对不起了，对不起，我们现在就走，那钱不要了……

这帮家伙溜了以后，我问胡老板，你是怎么惹上这些人的？

胡老板说，嗨，我没惹他们，他们是受雇来炒我堂子的！

啊？是谁雇他们来的？

春光浴室的老板呗！前几天他派人来找我，让我跟他一块儿涨价。我没理，也没涨价，所以我的客人就多，他就叫人来收拾我。

我一听，好啊，拔出萝卜带出泥，这回我又有事干了！

风雪锣鼓

又快到春节了，或者说又要到年关了。富裕的家庭都是富裕的，贫困的家庭各有各的困难。尤其是特困户，过年如过关。

我在社区走访中发现，有些家庭特别困难，可以说是特困户。有的特困户一家几个人都是智障者，有的一家都是残疾，还有的家里有病人，白血病、尿毒症，都是治不好的病。他们的生活怎么办？我要担当起党和政府派到辖区工作的合格角色，扶贫解困义不容辞。于是，我提出在春节前夕为特困户捐款过年。我的提议得到了办事处和居委会的支持，时间定在农历腊月二十四。

为了让捐款不冷场，我经过充分调查，把社区十一个特困家庭的状况打印在一张表上，复印了五十份。为什么复印五十份？因为社区有五十个富裕家庭，特别是一些官员家庭，比如民政局局长、土地局局长。我挨家发送材料，说为特困户捐款当天，我们会敲锣打鼓。锣鼓一响，捐款开始了，你们一定要来捐啊！接到材料的个个儿都说来。发到民政局局长家时，我跟他说，到时候还请您讲两句。局长说，话就不讲了，到时候我一定去捐款，支持你们的善举。

说老实话，为了捐款不冷场，我使出浑身解数，动员了社区里的土豪，又跑到派出所去求援，最后全家总动员。全家怎么总动员？巧了，正好当海军的侄子陈万里从舟山回来探亲，我就跟他说到时候你要去给我捧场啊！他说好啊！我知道当战士没什么钱，就把我当年立了三等功得的奖金三百块都给了他，说你就把这些钱捐了，谁也不认识你，正好起个带头作用。然后，我又发动老婆和女儿密密。那时候，我老婆在乡下做镇长助理，女儿放假了。我跟老婆说，捐款的时候我先去张罗，九点钟正式开始，你带密密到现场去带个头。你捐一百块，密密捐二十块。女儿很高兴，说她要第一个捐。我叮嘱她在现场千万别叫我，就装作不认识我。女儿感到很奇怪，但是她答应了。

日子一天天临近。我做了横幅，写上"为党分忧 为民解难"；又去学校借了锣鼓，安排好敲锣打鼓的人员。万事俱备，只等腊月二十四的到来。

想不到，头天夜里，刮起大风。我睡不着，一会儿爬起来看一下，一会儿爬起来又看一下。忽然，天上飘雪花了。我的心揪起来，伤心地跟老婆说，唉，天不助我，怎么会下雪呢，又刮这么大风！老婆安慰我说，天寒心热，你们会成功的！

早上，天不亮我就爬起来了，挨家打电话，把敲锣打鼓的人都喊起来。说了你别笑，这帮人都是"两劳"释放出来的，听话，能吃苦，所以我就让他们卖卖力气。他们呢，也乐意凑这个热闹。

天大亮了，工作人员都出来了。风很大，原定拉横幅的地方不行了，临时改在9栋侧面，这里正好可以避风，同时也是路口。横幅拉起来了，桌子搭起来了，居委会主任抱着捐款箱来了。

九点整，锣鼓在风雪中敲响。咚咚锵！咚咚锵！

　　我侄子充当了群众，第一个把钱捐进去了。我老婆带小孩也把钱捐进去了。派出所刘振保所长、内勤李玉成主任赶来了，带来派出所民警们的1000多块捐款。《扬州晚报》副总编来了，记者包文军来了，他们又采访又捐款。看到这个情景，我非常感动。同时，我更关注社区里那些有钱人，我发了50份材料，他们的表现如何？

　　哪晓得，我一关注，发现了问题，这些人听到锣鼓都来了，但是捐得太少了，五块，十块。这也太抠门了，真是为富不仁！可捐款是自愿的，总不能点名让他们多捐啊。这帮人趁乱把小钱往捐款箱里一塞就跑，望着他们的背影，我突然心生一计，大喊一声，都回来！他们吓了一跳，不明白是怎么回事。

　　我说，感谢大家来捐款献爱心！为了公开透明，把捐款全部送到特困户手里，现在，请各位把捐款人的姓名和数额登记下来，我们要抄在大红纸上张榜公示！说完，我叫居委会主任去拿个本子来，每人一格，按格登记。

　　居委会主任应声离去，形势急转。土豪们怕丢面子，50块的，100块的，重新又捐。我在一旁不停地说，谢谢，谢谢！

　　风雪越来越大，锣鼓越敲越响，居民们纷纷解囊相助，场面让人落泪。许多老太太本来带着钱去菜场买菜，看到大家都在捐款，就把买菜钱塞进去，扭头回家了。记者问，大娘您回家干什么？嗨，没钱买菜了，回家再拿去！

　　北风料峭，雪花飞舞，捐款高潮迭起。活动结束后，我们把钱箱搬到居委会，在媒体监督下打开清点，哎哟喂，一共捐了4770多块，真不少！当时，有人提议说，一家只给300块，剩余的留着备用。我说，不行，留下一分都会留下口舌。一分都不留，当场分光！居委会同意了我的意见，在媒体的共同参与下，我们一家一家把钱送到门上。收到钱的特困户感动得热泪盈眶，谢谢好心人啊，这个年能过了！

　　在这些特困人家中，姚春最可怜。他家的小房子总共30平方米，南面一间是卧室，卧室北面是过道。他把卧室以150块一个月出租了，自己住在过道里。煤气灶放在卫生间，上厕所做饭都在里面。而厨房呢，改成卧室，老母亲就睡在里面。姚春患有很严重的肾病，半个月透析一次，一次要四五百块。他没医保，也没单位，看病全靠自己掏钱。最后，付不起医药费就回家了。他有个非常可爱的小儿子，才一岁多点儿。我家访时，问孩子他妈呢？姚春答非所问，陈警长，要不是上有老下有小，我早就不活了。我听了很难过，口袋里当时有五百块，全掏给他了。我说你要好好活着，千万不能有别的想法。

后来，我提出再为姚春家单独搞一次募捐。有的居民就跟我说，可怜之人必有可恨之处，他活该，你别同情他！我听了一愣，怎么回事？居民说你问他自己是怎么回事吧！我再一打听，原来，姚春当初在一个效益很好的国企厂工作，老婆也蛮漂亮，他们有一个儿子，生活本来不错。后来，姚春认识了摆摊儿卖烟的一个贵州女人，一来二去两人好上了，就跟老婆离了婚。老婆带着儿子走了，重新组织了家庭。姚春呢，跟卖烟的女人结了婚，生了个儿子。当时有下海这一说，姚春就跟单位辞了职，下海跟女人一起倒香烟。没想到好景不长，他得了尿毒症，生意做不成了，天天到医院看病。卖烟的女人一看没指望了，丢下孩子跑了。得知这些情况后，我想，姚春再可恨，现在已处于生命边缘，不能不管他。况且，大多数居民也不一定知道他病成了这样。如果知道了，总会伸出援手的。于是，我就策划募捐，让大家了解他的病情，共同帮助他。

募捐当天，我弄件旧军大衣，又找了把烂藤椅，让姚春披着大衣坐在椅子上。他是尿毒症晚期，整张脸都是瓦灰色，上面全是气泡，眼睛发黄，胡子拉碴，不像个人。我又让他老母亲带着小孙子站在旁边。我呢，也站在那个地方，同时把电视台、广播电台的记者都喊来，一块儿向过往居民讲述姚春的困境，请求大家伸把手。那是个路口，出门的居民都要经过。大家一看这情景纷纷驻足。有人说，哎哟，这是哪儿来的叫花子？陈警长站那儿也不嫌丢人！立刻就有居民上前训斥，你还是人吗？睁大狗眼看清楚！说丑话的人赶快跑了。居民们都不忍心看这一家老小，争着解囊，连记者每人都掏了一百块。当天募捐了好几千块。

可是，对姚春来说，这些钱也用不了几天。

这天，我的一个老战友黄喜军来找我，说好长时间不聚了，咱们去饭店喝两口，我请客！我知道他现在是一家集团公司的副总，就说当然啦，你是大土豪就该吃你啊。我问你，打算花多少钱请我吃饭？黄喜军的眼睛瞪成牛蛋，你什么意思啊？我什么时候小气了？我说你出手一向大方。我呢，吃饭很简单，你今天也别到饭店请我了，旁边有的是小店。我现在正要去一个居民家办事，你先跟我一块儿去，然后再吃饭。黄喜军稀里糊涂被我"绑架"到姚春家。他进屋一看就掉泪了，想不到还有这样的人家。我什么话都没说，他就拉开手包儿，把里面的钱全掏出来，大概有两万块，直接递给了姚春。姚春的眼泪当时就下来了，颤抖地说不要，不要。黄喜军说你就拿着吧，以后有需要我再来！看见这情景，我也掉了泪。

离开姚春家，我说谢谢你老战友，现在你没钱请我了，正好我请你！你来到我的地盘，本来就该我尽地主之谊。

结果，大快朵颐变成韭菜炒鸡蛋。

可是，我俩吃得很香。

就这样，我隔三岔五想办法弄点儿钱送去，姚春就可以用于透析。两年后的一天，老人来喊我，说姚春不行了。我跑去一看，真惨！姚春躺在那儿，只剩下一口气。小孩儿不懂事，还趴在床边跳。姚春想把头抬起来，可是没力气。我把手搭在他头下，说你别动了。他就喊兄弟，兄弟，我这回真的熬不过去了，肚子胀得难受，真的不行了。你对我的恩，我这辈子报答不了，来世再报吧！还有，你的老战友……还有邻居们……

说着，他的头在我手臂上慢慢歪过去，不动了。

这是我第一次目睹一个人的死。

说起来，姚春家太不幸了。一年半的时间里，死了三个人。姚春先死的，没多久，他弟弟淋了一场雨，两天后就死了。他弟弟死了不久，他母亲也死了。他的前妻过来，把那个可怜的小儿子领走，这个家就空了。到底是结发夫妻，卖烟的女人跑掉后，她经常回来照顾姚春。有时候虽然恨他，对他说话声音很大，可发火归发火，过后还是给他洗洗衣服，料理料理。

姚春死去五年多，有一天晚上我出警，看见路边有个人在吃烤羊肉串。路灯昏暗，这人抬起头来看我。我吓了一跳，妈呀，这不是姚春吗？这，这怎么可能？冷汗顿时从我头顶淋下来。我站住了。不，这不可能！

我正这样想，忽然，他冲我叫起来，陈警长！

啊？这不就是姚春吗？我惊得头发根儿都竖起来。

你是谁?!

陈警长，我是姚春的大弟弟，我不在这儿住，你没见过我，不认识我。

那你怎么认识我？

刚才听卖串的说的。陈警长，谢谢你，你对我哥哥，对我们全家这么好……

他说着，哭起来。

那哭声，像在梦里……

这么多年来，我深有体会，要帮贫困人家就要真心实意，不能玩花架子，特别是当大领导的。老百姓心如明镜，他们什么都明白，就是当你面不说。

有一年春节，省里来领导慰问我，区政府头天就通知了，还说除了慰问我，还让我们选一户特困家庭同时慰问。我跟居委会商量，决定请领导慰问洪师傅家。洪师傅癌症刚去世，女儿又得了抑郁症，洪师傅的老婆整天哭。这个家真是太困难了。

第二天一早，居委会就通知洪家，什么地方都不要去，在家等着，领导马上要来慰问。结果，人家母女就在家等，等了一上午也不见动静。洪师傅的老婆想出去办点儿事，我还劝她别动，不能出去啊，没准你前脚出去后脚领导就来了。她说我听你的。就这样，大家一直等到下午很晚了，领导才来。先到警务室慰问我，给了慰问金3000块，之后又去洪师傅家。哎哟，陪同来的真不少，还有记者、摄像的，一楼道全是人。我也跟去了。我要看看领导给贫困户带了什么慰问品。不看不要紧，一看气死人，两瓶色拉油，一袋米。油就是一点五千克一瓶的，米也就是20斤。领导一进门就递给人家，记者们就抢着拍照。我想，东西不多啊，也许红包会大点儿吧？结果，根本就没给红包的意思。我当时血直往头上冲，打了这么大雷，刮了这么大风，就洒了这么点儿雨，还叫人家一早就等。两样东西撑死不到一百块，还有这么多人陪着来！这是真心慰问吗？这么大的领导，他好意思，我可不好意思。他转身就走了，我可要天天面对群众。

这时候，领导说告别话了。我急死了，赶快喊小陆子。小陆子不知道我要干什么，他也慌了。我一把拽他过来说，赶快去警务室，把给我的慰问金拿来！他问都拿来？我说都拿来！小陆子跑去拿来，悄悄给了我。

领导起身刚要走，我赶紧凑上去，把红包往他手里一塞——

还没给她慰问金呢！

初当人大代表的花絮

2002 年 12 月 27 日，我正在社区工作，一个战友打电话给我，陈先岩恭喜你当上全国人大代表了！我说你别瞎说了。他说真的，今天的《扬州晚报》已经登出来了！我问是真的吗？他说是真的。电话才放下，又有人打电话给我，恭喜你陈先岩，恭喜你当选全国人大代表！电话一个跟着一个，来自不同方向，来自不同的城市。

我彻底相信了，也彻底激动了。我赶紧跑出警务室，来到报摊，离老远就问，今天的《扬州晚报》还有吗？卖报的说，嘿，还有一份！我说赶紧拿来让我看看！哎呀，可不是嘛，江苏省人大省代表选举产生了，我省出席第十届全国人民代表大会的代表，陈先岩榜上有名！

全国人民代表大会是国家最高权力机关。代表由省人民代表大会选举产生，五年一换届，名额差不多是人口的七十万分之一。

我眼前顿时模糊一片。

我当上人大代表了！

一个小城市的社区警察当上全国人大代表了！

我热血沸腾，真想喊出来，心里一股一股的热气直往上顶。

这不是我一个人的光荣，是所有警察的光荣。

在此之前，我曾当选第十届江苏省党代会代表，并且是省党代会主席团成员。而现在，我又当选全国人大代表，上了更高的层次。

但是，初当代表，什么也不懂，所以闹了很多笑话。随着时间的推移，离代表大会越来越近了，这之前有很多事要做。元月下旬，全国人大代表联络委员会就开始给我来函、来电，要我准备照片，用于制作代表证，要十张穿制服的免冠两寸照片，让我到照相馆去拍。我当时拍了两种，一种是红底的，一种是蓝底的，做成电子版，由扬州市人大常委会代表联络委员会一级级往上传。

随着媒体宣传，就有人开始找我了。有一天，我正在派出所二楼开会，值班员说，陈先岩，楼下有四五个老同志找你。我一听是老同志，就说请他们上来。他们就上来了，我一看有五个人，年纪都不小了，我赶快把他们带到五楼会议室。进屋坐下后，他们就说，陈代表恭喜你，你是我们扬州著名的劳模，现在又成了人大代表，祝贺你啊！把我好一顿夸。他们分别做了自我介绍。原来，五个人都是部队的团职转业干部，当年回到地方，成了大型国有企业的厂长、书记，还有物资部门啊，商业部门啊，都是非常好的单位。我说，老首长们你们好，请喝茶！我忙着给他们倒茶。他们说，茶就不喝了，我们谈谈正事。我一听，噢，原来不是为祝贺我来的呀！我问，什么事啊？想不到，他们脸上刚才那点儿喜悦感一下子就消失了，跟着就开始诉苦。过去讲忆苦思甜，是先忆苦，后思甜。他们呢，正相反，先思甜，后忆苦。说计划经济年代还过得不错，现如今一改制，"国"字拿掉了，退休以后每月才拿两千多块，待遇太低了，跟公务员比比，连一半都不到。他们说，我们已经向各自组织反映过多少回，都没用，没人给解决。这一次，你当了代表，要到北京去开会，请无论如何带上我们的意见。你是人民代表，要替人民说话！说完，就从书包里掏出告状材料，好家伙，厚厚一大沓。他们是有备而来啊！

我过去没当过代表，也不知道代表怎么当，觉得这些老同志讲得对，我既然是人民代表，代表人民说话，就要把人民的呼声反映上去。他们需要解决问题，希望我把他们的材料带到全国最高权力机关去，我应该满足他们。于是，我当场表态，说你们放心，我一定把它带到大会上去，交给有关方面。他们说好好，祝你一路顺利，祝会议圆满成功，我们等你的好消息！

送走老同志，我心中升起神圣感，也升起责任感。开会前，收到这么沉甸甸的"人民嘱托"，我可不能辜负了。我把材料带回家，很郑重地放在一个档案袋里，准备带到北京去。

二月上旬的一天，我忽然接到一个电话，他问，您是陈代表吗？我说是的。那个时候，人们已经不喊我民警了，所有打进来的电话都称我陈代表。他说，我是《新华日报》派到北京的驻会记者，我想问一下，您是首次当选全国人大代表吗？我说是的。他说，请您谈谈感想。我说，我感到很光荣，也感到责任重大。他又说，您有没有准备什么议案？我愣了一下，说实话那时候我对议案还没有概念。我说，议案倒没准备，但是我带了一些有关军队转业干部的材料，有五六份，这些老同志要求解决他们的待遇，我准备把材料带到会上去。他噢了一声，就没再说什么了。

会期一天天临近了，2月27日，通知我们先到南京。当天早晨8点多钟，扬州市七位代表在市人大三楼会议室集中，大轿车就在院子里等着，市委书记为我们送行，同时发表讲话。就在这时，有人非常紧张地跑到三楼，说不得了了，有很多老百姓堵在大门口，是不是上访人员要拦人大代表的车？人大秘书长一听也很紧张，说马上通知公安来人。他们讲话声音虽小，但被我听到了。

我不由得起身朝外望。这一望，我兴奋了，急忙说，不是上访的，不是上访的，是我们社区居民来为我送行的！一旁的市人代联委主任陈明敏赶紧高声说，别紧张，是来送陈先岩代表的！

噢！开会的人们都松了一口气。虚惊一场。

既然平安无事，我们就下楼登车了。

哎哟，来为我送行的居民有四五十人，其中大多数是"夕阳红"义务巡逻队的老人，他们自动排成队伍，鼓掌，欢呼，高喊，陈先岩，陈代表，家里的治安有我们呢，你放心去北京开会吧！预祝大会成功！场面非常感人，其他代表也都跟着兴奋起来。

来到南京，住进省委招待所。全省一百多个代表都先后到齐了。省人大组织临时履职培训，告诉我们全国人大的职责是什么，如何提议案，哪些东西可以带到会上去，哪些东西不能带到会上去。省委书记跟大家见了面，并就如何当好代表作了讲话。讲着讲着，他突然说，据我们了解，现在社会上有些不安定因素，要借着人大开会弄点儿事情。比方说，有的军队转业干部为了自己的待遇问题，找到我们的代表，要递材料。这里我要强调一下，千万不能把这些与大会无关的事情拿到大会上去！

我一听，妈呀！这不是在说我吗？当时，我身上直冒冷汗。我连头都不敢抬了，心里直打鼓。幸亏会前有这样一个培训，让我知道了哪些东西是不能带到会上的。哎呀，差点儿造成政治事故。我又想，书记是怎么知道我有这个材料的？是谁告诉他的？噢，我马上想到那个记者。说不定他根本不是什么记者，也许就是会议的工作人员，他们通过这个方法摸情况，摸完了以后，发现我带了这个材料就报告了。我越想越感到自己真是太幼稚了，几个老头多说了几句好话，我就答应给他们带材料。想着想着，我又安慰自己，说不定书记不是指我，可能也不只是我一个人收到了这些东西，其他代表也收到了，书记就统一提醒一下。这样一想，我又好受些了，心里也不那么紧张了。唉，代表不好当啊，一来就出了这么大的事。在南京培训了三天，我明白了许多事情，也懂了不少规矩，好像一下子成长了。

3月2日晚上，我们启程了。那是一辆专列，直接开到了北京。我非常兴奋，这是我有生以来第一次去北京。真是太幸福了。那时候，北京没有雾霾，气候特别好，天很蓝，虽然冷点儿，但是空气新鲜透亮。

清晨，首汽的大巴车把我们接出北京站，很快就来到长安街。哎呀，马路真宽，看上去好像一条大河。当车经过天安门的时候，我很激动。啊，这就是雄伟的天安门！我忍不住叫起来。全车只有我一个人这么激动，其他人都是领导干部，不知道去过多少次北京了。他们听我叫起来，都拿眼睛看我，这个土包子！

大巴车通过长安街一直往西开，一直开到西直门中苑宾馆。我们住下来了。3月5日开会。开了一个星期，中途休息一天。早晨，扬州驻京办的领导说，小陈代表是基层民警，第一次来北京，什么地方都没去过，送他到八达岭长城去看看吧。然后，专门安排了车，安排了人陪我去长城。长城真的很震撼。当时我腿不好，爬不动，但我还是坚持往上爬，一直爬到烽火台。爬长城是要票的，起初我还要掏钱呢，结果人家说人大代表免费，凭证就行。上去不要钱，下来乘索道车也不要钱。

政府工作报告之后，各省团安排代表们座谈讨论。我又闹了个大笑话。头一天，团长说，明天下午有中央领导同志要参加我们团审议政府工作报告，哪个代表要发言的，请大家报名。我们充分理解大家的心情，但能够发言的代表有限，只安排了十二个人，每个人限时五分钟，各小组晚饭前将发言的名单报到代表团秘书处来。我头一次参加人大会议，不懂，报名之后就开始准备发言稿。实际上谁发言已经内定了。发言的人都是各方面的代表，比如说市长代表、书记代表、农民代表、企业家代表、工商业代表等，涵盖面比较广。

第二天下午座谈会开始了。时间是三点钟，我们不到两点就来到人民大会堂东大厅，等着开会。

我自己报了名以后，就准备了发言稿，虽然没有被确定发言，但我还是带上了发言稿，在前往大会堂的途中，我将稿子呈给坐在身旁的市领导看，他看过后，赞扬说，文笔不错嘛。我问，到时候能不能发言？他说，看是否有时间，假如有你就发呗。听领导这样说，我心里就踏实了。

后来，中央领导来了，座谈会开始了，团长主持，几句开场白之后，代表们开始发言。发言的人都安排坐在第一排了，并有席位卡；不发言的随便坐。我是坐在第二排的。发言一个接着一个进行，中央领导很随和，代表在发言时，领导同志还不时地插话互动，会场气氛十分活跃。我当时一门心思想要发言。我想，好不容易当一回代表，不发个言，那不白当了吗？这时候，所有发言的都结束了，中央领导也讲完了，主持会议的团长就说，今天代表们发言很好。其实准备发言的代表还有很多，现在还有哪个想说的？其实，这就是一句收场的客气话，按规矩是不会再有人发言了。我在这之前几次要举手发言，可是都捞不到机会，现在，听到他说："现在还有哪个想说的？"我手上都捏出汗来了，哎呀，他主动问了，这不正是一个机会吗？此时不发更待何时，错过这村没这店！我立马站起来，把手往高处一举，报告，我有话要说！当时，就像旱天打了个雷，我这一嗓子，让全场都震惊了，呼啦啦，所有代表一起盯着我看。这土包子，哪儿来的？懂不懂规矩？团长也愣了。还好，他应变能力很强，点点头说，好吧，那你说！我就开始说了，不但没念稿，还大大发挥一番，讲了扬州的巨变。为什么会脱稿呢？因为要讲的都是心里话，根本用不着念稿。我的发言让中央领导听了很开心，哈哈大笑，还插了话。

事后，代表们在车上就议论开了，说这家伙不讲政治，不讲规矩，没让他发言他要抢着发言。人大办公厅的也急了，立马就跟我要稿子，说把你刚才的发言稿给我们！我在车上听到议论，又想到刚才办公厅的人脸色不好，心说，坏了，这回惹大祸了。这里头有这么多规矩，我傻傻的怎么不知道啊！

车没开出多远，市委书记就从扬州打电话来，陈先岩，听说你今天下午发言了？我一听，坏了，消息都传回家了，这回准要挨批了。我就说，是的，书记，我是发言了。我这个人嗓门大，全车人又议论开了，说这是哪儿的代表啊，怎么一惊一乍的！这么老土！

可是，想不到，书记不但没批评我，反而表扬了我。不错，你发言发得好，你宣传了扬州，很好！

尽管书记表扬了我，可是底下的人不清楚是怎么回事。会后，一传十，十传百，说我在会上乱开腔。包括我们公安厅也传开了，说陈先岩这家伙一向胆大，竟然在那个场合也敢说话！

我的十三件议案提案
都被采纳啦

  初当人大代表花絮很多，但正是这些花絮锻炼了我，让我明白了许多。

  就拿发言来说吧，后来我就明白了，我们身为人民代表，如果要发言，必须事先提出申请，经过会议相关部门审核决定了，然后才能给你机会发言。时间有限，那么多代表，个个儿都想说，一个人讲一分钟也不得了，那不可能。代表一般都比较守规矩，让讲五分钟就讲五分钟。但也有领导身份的代表像作述职报告一样，十分钟，甚至十五分钟、二十分钟，侃侃而谈，旁若无人，以致会议主持人不得不说，汇报性的东西你就别说了。所以，中央领导参会时，一上来就把要求说在前面，今天参加江苏团讨论，请大家发言的时候不要照稿子念。如果你照稿子念就把时间浪费了。客套话也不要说，有什么问题直接谈问题。尽管这样说了，但有的代表照样念稿子，好像习惯了念稿子，离不开。稿子本身准备得又长，又想在领导面前把大好形势说出来。于是只好打断他，说刚才也讲过了不要念稿子，你有什么事就谈什么事。好的东西都知道，现在就是要听你谈问题，你把问题讲出来，时间就有意义了。

在接下来当代表的几年里，我跟老代表学到很多东西。

比如照相吧，起初，新代表们都不懂，一到了天安门广场都要拍照。老代表就说，今天不要在外面拍照片，后面还有十几天，有的是拍照的时间。今天有跟党和国家领导人拍照甚至握手的机会。我问哪里有机会？他说今天是 3 月 4 日，要开预备会，投票选举大会主席团成员、秘书长，还要表决大会的日程议程。因为主席团还没产生，所有的党和国家领导人也是以普通代表的身份坐在人民大会堂主席台下面的一个专区，主席台前左侧第二区第一排通道，其他代表今天也可以不按座位号坐。也就是说，除中央政治局领导同志的专区外，可以随便坐坐。这样，你要是坐在党和国家领导人专区经过的通道边，当领导经过时，你就有了握手、照相的机会。老代表说，你们不要在外面拍照了，直接进入人民大会堂，赶快跑进去，领导们要从左边的通道走过来，你们如果抢到了前面，就可以跟领导握手。我听了老代表的，果然挤到前面，跟领导人握了手。记者还给拍了照。可惜，人家不给照片。

再说说议案。头一年当代表的时候，我看到老代表拿着议案让我签名，我还不明就里，心说你的东西干吗让我签名？后来，我明白了，这些意见或建议，代表可以提交大会，但要形成议案必须要有三十个代表签名，所以他来请我签。当然，我要先看一下，同意了才签名。呵呵，这就成了代表先审代表的议案，呵呵。第一次参与其中的时候，我不懂，所以自己也没有准备议案。但是，我们扬州市的代表搞了一个，是关于南水北调工程在长江源头的生态保护的议案，应该说是非常重要的。因为我在代表中间比较活跃，年龄比较小一点，又被推选为小组联络员，一些大领导就把自己领衔的议案征求签名的任务交给了我。那么，我就要找三十个代表签名。都是初当代表，相互也不是很认识，就按照格子，一个格子签一个人。请人家签名很麻烦。人家要先看你的议案，要好几分钟，然后还要思量一下，签还是不签，这是他的权利。会议本来就很紧张，会议一散，我就抓紧时间跑到人家房间去敲门。还好，代表的素质都很高，也比较热情，很少有人嫌麻烦。人家接过议案就看，看完如同意就签。就这样，一天也找不到几个人签名，完成三十个可不简单。我为此跑上跑下，终于有一天签满了，松了一口气。领导把这么光荣的任务交给我，我终于完成了！议案有个截止日期，每年3月10日，或者是12日，这是大会主席团作的决定，不可更改。截止于当天中午12点，或者晚上8点。如果过了这个时间，你有再多人签名也没用，相关部门就会告诉你，你已经过了议案截止时间，对不起，只能作为建议，请你把议案改为建议。

那天，我终于赶在法定时间内把议案交了！

可是，还没等我高兴够，领导就把我叫去了，陈先岩，我们好不容易搞个议案，全被你搞砸了！

我大吃一惊，啊？怎么啦？

你还问怎么啦？刚才秘书处议案组来了电话，重名啦！三十个人里有两个重名的，成了二十八个！人家查出来了，立不了案了，只能作为建议！

妈呀，这真是当头一棒！

我顿时傻了。

怎么会签重了呢？嗨，别提了。大家互不认识，又都很热情，而且对方也要求你签他的。时间很紧张，有的代表来不及细看，一看上面已经有许多人签了，肯定不是坏东西，就签了。我呢，跑得眼绿，想不起谁签过谁没签过，看到就近的，拉上就签，结果，签重两个，前功尽弃。

会议结束后回到扬州，领导还耿耿于怀，说我们好不容易搞一个议案，叫陈先岩去找代表签字，跟球场上一样，他临门一脚踢偏了，把球踢到门外去了，大家白忙一场！我说对不起，实在对不起！嘴上这样讲，心里说，你们不知道签三十个人有多难，何况还不止你一个人叫我代劳。我腿都跑瘸了。

我受点儿委屈没什么，但我通过签名认识了很多企业代表，给社区居民特别是贫困家庭带来了好处。之前，每年春节来临，我都要为困难家庭募集钱物。现在，我认识了这些代表，我称他们为会友，春节到了，我就给他们打电话，说我这个地方有许多困难家庭，你们能不能支援一下？好了，东西就从四面八方来了，米、油、包子、风干鹅，包括酱油醋，都是年货必需品，把警务室堆得像杂货铺。我专门制作了一张表，打出捐物者的名字或单位，以及货品名称、数量。然后，把这些东西一一发送到贫困户和治安积极分子手中，谁领谁签字，来有影，去有踪。再把这份签了字的表格扫描复印，分发给捐赠的代表们，让他们知道，他们的爱心已经传递到啦！最后，再把物品捐赠接收情况制成一个大表放在宣传栏，一个是公示，再一个也是宣扬爱心，希望人人都来帮助贫困人家。想到我能借助人大代表给社区居民带来实惠，自己受点儿委屈也值了。

话又说回来，为什么在人大会上会出现代表争上议案的热闹呢？当时有一种舆论偏向，评什么议案大王、议案大户，有的代表一人能提十几件议案，因此榜上有名。还有一些代表所提的议案，不属于全国人大受理范围。后来，大会组织方提出，议案不在多，而在精。议案一定要是立法方面的，同时要有案由、案据，光有议案还不行，还要拿出解决草案，然后才能成为议案，由各专门委员会去研究办理。为此，由全国人人常委会小公厅对代表进行培训。我荣幸地参加了六次培训，怎样当好人大代表，怎样正确履职。通过培训，我懂得了，人大代表不仅仅是一种荣誉，更多的是责任，是一种职务。过去我没有把人大代表当成一种职务，就觉得它是一个荣誉。我曾获得很多荣誉，人大代表更是荣誉中的荣誉。我就是这样想的。现在，我知道代表怎么当了，从原来不自觉地工作到自觉地履职。

后来我又连任了一届人大代表，在接下来的总共九次会议上，我先后领衔提交了十三件议案、五件建议案，都被采纳了。其中，让我感到自豪的是，有两件议案被法律委员会采纳后，推动了中国现行法律的修改。

第一件是身份证法。

"居民身份证法"立法时间不长，当时我就发现里面有漏洞。我曾经在十一届二次会议上提出来了。因为当时立法时间不长，有关方面就做我的工作，希望我明年再提。说身份证法草案是你们公安部送来的，刚刚实施就提出修改，你又是公安代表，有内讧之嫌。我觉得这也对，我就撤回来了。到了第二年，我终于憋不住了，还是提出来，原因是经常有不法分子冒用他人的身份证犯罪。我提出在二代身份证中要加入个人指纹信息的议案，为此我专门到公安部进行调研。公安部说，当初我们在立法前曾有这一条，但后来在人大立法时没通过，有专家说采集指纹侵犯个人隐私，结果就把这条给删了，不过我们还是预留了指纹信息采集区，两个 K，够用了，在制证方面不会增加成本的，但这个指纹信息的加入却能有效防止不法分子冒用。

我的这个议案，在 2006 年召开的第四次会议时被大会采纳了，相关部门很快修改了身份证法。如今，任何人去办身份证，都必须采集指纹。谁再假冒他人，识别系统马上就能识别出指纹不对。

第二件是修改消防法。

在过去的老消防法里，消防只配置到城市，没有农村。可现在农村的火灾比城市多，包括死人在内的受损程度比城市厉害。这是为什么？我经过大量走访调研发现了问题，不改不行。

在农村，传统的救火方式是敲盆呼喊。哪家失火了就边敲盆边喊。村里人听到后，老老小小就拿着水桶跑过去。水从哪儿来？每个村都有一个烟火塘，就是水塘。过去没有自来水，但也没有污染，所以淘米洗菜都在这个水塘里。水塘下游还有一个小塘，洗马桶什么的脏东西，小塘里的水一直流到农田里。当年，每个村基本上都是这样，没有哪个村是没有水塘的，既方便村民生活，也有救火功能。一旦失火，就从这里取水。

可是现在农村的消防形势发生了根本变化——

变化一，形势严峻。大量的电气设备进入农村，很多农民为省钱买的都是劣质电器，很容易引起火灾。

变化二，易燃品多了。家家都搞装修，往往用的都是比较劣质的易燃品，PVC、聚酯、胶合，充斥农村，对此农民没有防火观念。

变化三，楼房林立。过去都是平房，现在四层五层，很偏僻的山区也盖起楼房。原因是农民都在外面打工，认为家里建楼房才气派。这样一来，救火就不方便了。

变化四，无水可取。很多地方用上了自来水，塘水污染严重大都填了。可是，几乎没有哪个农村有消防水龙头。自来水水压不大，管子也不粗，放水的时候跟牛撒尿一样，失火靠不上。

变化五，人口少了。青壮年都出去打工了，老弱病残留在家，一旦失火，别说指望他救火了，喊都喊不出声。

变化六，相对集中。很多地方把农民集中在一起居住，一旦失火，火烧连营。

变化七，作坊扎堆。很多农村都建了厂，大大小小，形成产业集群，失火概率高，后果严重。

综上所述，我形成一个非常翔实的议案，提出修改消防法，把现有的消防配置到城市的"市"，改成"乡"。一字之改，囊括城乡。乡人民政府负责人即为消防责任人，消防资源配置被纳入乡镇一级政府的财政预算。

我在十届五次会议上提出并马上被列入议案，付诸修改实施。

在修改之前，全国人大常委会法工委把我邀请到北京，列席常委会，并且让我就修改消防法作立法前发言。通常发言是15分钟，我一下子讲了半个小时，说了以上七条变化，同时列举了全国农村发生火灾的实例。主持人没有打断我，大家都听得很兴奋，一个劲儿点头，说我成专家了。常委会把我的讲话稿，一字不漏地以简报形式发了出来。

第二年再开会的时候，消防法已经修改，改城市为城乡。

　　公安部消防局特别请我去开座谈会。局领导说你做了一件大好事，不但惠及百姓，也为消防部门解决了没有人事编制及财政预算的困难。现在，区县消防大队是副团编制，财政年年有预算，从根本上解决了问题。

　　我对自己说，陈先岩，你这个人大代表没白当！

连任代表的大红包

2003 年，我当选第十届全国人大代表。到 2008 年就换届了。年初开始选举第十一届全国人大代表。我关注这个选举。作为上届代表我是称职的。我每年都要带三四个议案和建议上会，成了江苏省的议案大户。我很期待也很希望能够继续连任。

2008 年元月 16 日上午，我的手机信息响了。一看，是省政法委领导发来的，小陈，祝贺你再次当选！紧跟着，又有领导打来电话，先岩，祝贺你再次当选全国人大代表！

美梦成真，我的心狂跳起来。

这回，我是老代表了，成为新闻热点人物。我们是乘专机飞到北京的。飞机里全是人大代表，特意安排我坐在前面。一下飞机，就有记者来采访，叫我谈谈再次当选的感受。经过上届五年的磨炼，我说，再次当选，非常高兴，非常光荣！我一定不辱使命，认真履职！

进京后，住京西宾馆。上届的后来几次开会，我都住在这里。有些老服务员我都认识了。我来到 19 楼，哎哟，竟然还是我住过的老房间。服务员称所有的代表一律都叫首长，不管官大官小。一开始喊我首长，我还不大习惯，以为在喊别人。四下看看，没有首长，才知道是喊我，呵呵，我也成首长了。这些服务员是经过专门培训的，非常称职。称职到什么程度？我没来之前，她们已经从照片上认识我了，并且知道我住哪个房间。我一进楼道，她们就迎上来，首长请这边，把行李接过来，把我送进房间，一点儿都不会错。

因为我是老代表了，不慌不忙，也没有表情激动。按照通常习惯，桌上有几个档案袋，还有几个信封。其中有一个信封，装的是代表证。代表证的正面是头像，头像底下印着"第十一届全国人民代表大会"，然后是"陈先岩"三个字；反面是座位号，多少排多少座。证里有芯片，里面有我的信息。当我到达人民大会堂的时候，一过安检门，芯片与安检机就有感应，立马显出我的照片。安检员只需要对照一下照片和本人。

我拿起代表证，想看看座位是否还是上届的 22 排 23 号。不看则已，一看大吃一惊！上面没有座位号，只有三个字——

主席台。

啊，什么，主席台？

这是我的证吗？我揉揉眼睛，再把证翻过来看，是我的名字呀！又翻到后面看，还是"主席台"。

我的手开始发抖了，一直抖。主席台？难道……我进主席团了？

这是真的吗？我上主席台，就意味着我成了主席团成员，会议期间天天跟国家领导人坐在一起了。

幸福来得太突然，我真不敢相信。

我跑到对门老代表陈书记的房间。陈书记，把你的证给我看看，你今年坐在哪儿？她递给我一看，还是 22 排，只不过号不对，她坐到 19 号了。上届我俩一直挨着坐，我 23 号，她 21 号。她看我表情怪异，怎么，咱俩不挨着坐啦？我说陈书记，你快给我看看，我这个证上没有号。她拿过来一看，哎哟！小陈，你坐主席台了！我说是吗？她说没错！你是主席团成员了，祝贺你！

这个连任的红包也太大了！

我激动得眼泪都下来了。

下午六点钟，第二个文件袋到了，里面装的是预备会材料，也就是大会主席团建议名单。我赶快抽出来，只见上面清清楚楚地印着我的名字。因为还没通过表决，所以是建议名单，明天还需要代表们表决。不是选举，而是表决。

3 月 4 日，大会开幕了。我像当年老代表那样，教给新代表如何抢位置跟国家领导人照相。他们一到天安门就忙着照相，我说别忙着照，以后有的是时间，你们赶快跟我跑，今天上午就这么一个机会，错过这个机会，你再也没办法跟国家领导人握手照相了。新代表们一听，激动坏了，一个个跟着我往里跑。跑到后面的很失望，我说来，这是给你抢的位子。他还谦让呢，我说你别谦让了，以后我有的是机会。他直发傻，啊，你怎么还有机会？我笑了笑，差点儿说出我是主席团的。还好，忍住没说。还没表决呢！后来，这些跟我跑进去的新代表们，果然跟国家领导人握了手拍了照，开心得不得了。苏北医院的王院长回来以后，把跟领导人握手的照片放得好大，挂在医院里。他还在会上说，我要感谢陈先岩老代表，没有他指引，我也得不到这张照片。嘿，我还纳闷呢，他怎么会得到照片呢？当年我也照了，人家就不给。这真是，苏院长有门道！

大会开幕当天，选举了主席团，唯一的警察代表就是我。上届的警察代表老邱退下来，我接了他的班。当年老邱给我看了他的大会首日封，国家领导人在上面签满了名。当时我好羡慕，拿在手里舍不得放。现在，我也当上主席团成员了，首日封签名一定要签好！

开幕式结束后，全体主席团成员留下来，到人民大会堂二楼常委会议厅开主席团会议。所坐位置按照姓氏笔画安排。我们五六个姓陈的挨着坐。我马上把首日封拿出来，干脆咱们姓陈的先相互签签吧。于是，大家相互签名，相互留念。我下来一看，乖乖，几个姓陈的，除我是小萝卜头儿，其他的，全国人大常委会副委员长，全国政协副主席，全都是副国级！

3月5日，正式开会了。我坐在主席台倒数第二排正中间，再往前走三步就是胡锦涛同志。我想，一定得找个机会请他签。这天，机会来了，投票选举国家主席、副主席。代表们在底下投，主席团在台上投。胡锦涛同志第一个投，接着是常委，然后我们按照主席台就座的顺序一个个投。我投票以后，从胡锦涛同志身边走过，立刻把事先准备好的首日封往他面前一放，总书记，请您给我签个名吧！他抬头一看，哦，警察，好！拿起笔来就签。签完以后，我看吴邦国同志也在给别人签，我马上挤过去，委员长，请您也给我签一个！他一看，哦，警察，也给我签了。短短的时间里，我就签了三四个。

我很激动，把首日封放进投票夹里。散会后，在楼道里走着走着，又想拿出来看看。没想到，打开投票夹，惊出一身冷汗。哎呀！里面空空的，首日封没了！我脑袋轰的一声，两眼都黑了。这是怎么回事？我明明放里头了，怎么不见了？我的妈呀，这可怎么办？

我正急得眼冒五朵金花，突然，有人一拽我衣服，你掉东西啦！

回头一看，来人手里拿着的，正是我那个要命的首日封！

这个很珍贵的，你要把它收藏好！来人说完就走了。

我急忙追上去，连声喊，谢谢，谢谢！

当然，机不可失，谢谢不白谢，谢完了，讨个签名呗。我知道，主席团里除我以外都是大领导。他很痛快地为我签了名。我一看，乖乖，难怪"拾金不昧"，中纪委常务副书记何勇！

回到住处，苏北医院的王院长拉住我说，今天胡总书记给你签名了吧？我说签了。他问签了几个？我说还签几个，签一个我手都直抖！他说你在台上有机会，以后多签点儿，给我一个。我说得了，你饶了我吧。他就笑了，胡总书记给你签字的时候，我在台下给你拍了照片，你想不想要？我说想要。他说拿签名来换，你再签一个给我，我就把照片给你。

你看，多有意思！签首日封的故事很多，我就不再讲了。最后讲个重头的，习近平主席给我签字。

当时，习主席是国家副主席，十一届二次主席团会议散会后，他还没走，正跟李源潮同志说话。

我一看机会来了，就把首日封拿在手里等着。

习主席说话结束后，开始往前走。才走了两步，我就迎过去，给他敬了个礼，习主席，我想请您给我签一个首日封！

他说，好啊！说完，他自己就把手伸过来了。

我赶紧把首日封给他。我胆也大，给了他三个。

他说，在哪儿签？这个地方也没桌子。

我一看，旁边有个放开水瓶的小架子，正好高度差不多。

我说，就在这个架子上签吧。

他说，好。就在身上摸笔。

我赶快把笔掏出来，递给他。我早有准备啊。

他一边签，一边问，你是哪里的？

我说，报告主席，我是扬州的。

他说，你这家伙真会抓机遇！

习主席平易近人，非常亲切。

他一次为我签了三张，我如获至宝。回到住处，我找到王院长，你给我拍的照片还在不在？他说在我电脑里。我说你到现在也没给我。他说你也没给我首日封呀。我说我刚得到习主席的签名，给你一张行不行？他说，太好啦！我马上叫办公室主任把照片发给你！

我就给了他一张。

可是，直到现在也没有收到他的照片。

真是太心疼了，把习主席的签名白白给他一个！

在第十一届全国人大的五年里，我都在主席团里。经历的，感动的，受到教育与鼓舞的，很多很多，可以再写一本书。我这里只讲讲签首日封的故事，也为留个念想。五年中，我签了好多首日封。后来，还归了类，自治区主席专封、军委领导专封、省长专封、省委书记专封，还有江苏省 11 个地级市市长的专封。

这些，我再也不会给人了，要代代相传。

签了这么多首日封，我只吃过一次闭门羹。那天，我在主席台上请一位省委书记签，他不肯签。看了我一眼，说对不起，我还有事。我心里很不舒服，不签拉倒，我就走了。后来一想，不行啊，省委书记专封差他一个就不完整。怎么办？厚着脸皮再去？他要是再不签呢？我想来想去，脑门一亮。隔了一天，我把获得的各种勋章全都戴在胸前，足足好几排。然后，又去找他。他一看，眼都直了，噢，你有这么多勋章！好啊，我签！

的确，这些年，我获得了不少勋章、不少荣誉。比如，全国公安系统一级英模。这是公安部的最高荣誉。活着的一级英模在全国范围内都很少。再一个，全国先进工作者。全国先进工作者是中华人民共和国的最高荣誉，证书是国务院颁发的，总理签名。省、市及其他方面的各种荣誉就更多了。

获得这些荣誉，要感谢人民！感谢党！

这时候，来了一封
上百人的联名信

2009 年 6 月，我离开工作了十六年的社区，进入广陵分局领导班子，任党委委员、副政委。

日出月落，寒来暑往，一晃三年过去了。

多少思念，多少牵挂。

我了如指掌的社区，你还好吗？

我朝夕相处的居民，你们还好吗？

这时候，扬州市公安局领导收到了一封信。

一封一百五十多人签字的联名信！

这封信，来自我思念与牵挂的社区。

写信人，是我牵挂与思念的居民。

信是这样写的——

扬州市公安局局长：

八大家社区在扬州市城区南部的七里河以南，社区面积0.16平方千米，住户2056户，居民5887人，属于小区型社区。社区位于城乡接合部，外来人员较多，给治安管理造成一定难度，小区内盗窃案件时有发生；小区周边的商户出店经营现象很严重，人行道被经营商户乱搭乱建成店面，严重扰乱了交通秩序，同时也影响了环境面貌。社区征集民意时的热点问题几乎都牵涉到这些现象，已成为本社区迫切要解决的难题。

在这种情况下，社区多次召开居民听证会，共同商议解决问题的方法途径。群众一致表示，非常怀念陈先岩同志当年在八大家社区工作的时光。他推行的"三块三，保平安"防范基金筹募方法在群众中家喻户晓，有效地改变了社区治安面貌和群众的精神面貌。在社区征集民意过程中，很多居民希望陈先岩同志重返八大家社区工作。为此，八达家社区代表全体居民向扬州市公安局发出请求，请局领导本着"走基层、转作风、改文风"的原则，让像陈先岩这样有基层工作经验的同志把工作精力向基层倾斜。八大家社区需要陈先岩同志！请领导予以考虑。

信上，由居委会主任带头，一百五十多个居民亲笔签了名，还盖了居委会的公章。哎哟，这封信让我大吃一惊！

社区治安反弹了！

物业管理瘫痪了！

居民生活不安了！

我坐不住，吃不下，睡不着。

社区的呼声如雷震耳，居民的期盼似雨浇身。

局领导收到信后，马上找我谈心，说群众有这个愿望，你个人愿不愿意？我说，我愿意！局领导考虑后，决定让我带着现有职务重返社区工作，并在社区成立"扬州市公安局群众工作站"。

　　就这样，离别三年后，我重新回到社区。居民们看见我回来了，纷纷围上来。拉住我，拽住我，有的叫陈警长，有的喊陈政委，你回来啦？你还走吗？

　　我说，我回来啦！我不走啦！

　　一回到熟悉的地方，才发现问题比我想的还要严重。社区已不再是过去的社区，又乱又差，案件很多，抢劫、盗窃，连杀人都有了。这是我在这里多少年都没有过的，就差放火了。居委会主任已经换了两茬，他们说，这里的居民真难侍候，什么屁事都来找！这些事以前都是陈先岩揽下来的，现在他走了，我们没办法。爱咋咋地！结果，有居民就把大门锁起来，居委会一帮人就被软禁起来，进不来，出不去。更有以前已经转化好的老上访户，竟然在居委会办公室里拉大便。社区人心涣散，"三块三，保平安"也完了。卫生没人打扫，小偷频繁光顾。居委会没辙，只好引进一家物业公司。可是，公司来了以后，又陷入尴尬境地。他们服务不到位，居民因此不给钱。公司没钱雇保安，就把本小区一些六七十岁的老人招来用。这些人白天上班不像上班的样子，也没有保安服穿，到饭口就回家吃饭。看见有人下象棋、打扑克，少一个人他还垫上，保什么安啊？我跟公司经理谈，像这种人你们还用吗？公司经理一脸苦瓜，居民钱都不肯交，我已经贴本了。没钱，我找谁来干啊？只能找这些人！我又跟居民谈，你们光提意见，为什么不交钱？居民也是苦瓜一脸，管理差，治安差，还交什么钱？不交！

　　回想往事令人难忘，社区反弹让我心疼。

　　我说，我回来对了，回来得正是时候！

　　2013年10月26日，市局隆重举行了我重返社区工作的仪式，省公安厅秦军副厅长、治安总队戴苏生总队长和市公安局领导到会祝贺并寄予希望。同时，"扬州市公安局群众工作站"正式挂牌，上面注明工作站宗旨——

　　　　警务工作示范
　　　　群众工作研究

民警随岗培训
警民互动交流

俗话说，没有不开张的油盐店。

工作站挂牌当天，生意就来了。居民辛老太跑来找我。我一看，哎哟，老熟人。辛老太过去练气功走火入魔，我去做家访时，为了认识她的老伴，还错把芍药当牡丹。辛老太说，陈政委，你可把我们想坏了，你真回来了吗？我说我真回来了。她说你要是真回来了，我有一件事要麻烦你。楼下 204 号漏水，把我们家房子漏得一塌糊涂。我一听，啊？这倒奇怪了，楼下的水怎么漏到楼上去了？204 号不是小吴家吗？按照辈分，他还叫您婶呢。辛老太说是啊，这晚辈可把我害苦了。我家的车库在他楼下，他把洗衣机放在阳台上洗衣服，下水管插在雨水管里，洗衣服的水就把雨水管咬烂了。他一洗衣服，水就漏下来，车库淹得都长了青苔。

噢，我听明白了，不是住房是车库。我说这事您以前反映过吗？辛老太说反映八个多月了，居委会、物业，都没用。其实，我们不是不让他洗衣服，就是想让他把雨水管换换，他死活不肯换。陈政委，我磨子小，重量不够，压不下麦麸，只有求你了！我说我去看看。

来到现场一看，目不忍睹，地下长草，门上泛青苔，半个墙都泡得发绿了，像面粉一样鼓起来。辛老太说，看到了吧，就差坍了。我心想，这也就是两个老人，要是年轻人早打得头破血流了。

我扭头就去找小吴。家里没人，邻居说他开了个喜糖铺子，每天早出晚归。我拨通他电话，是吴老板吗？他说是，你是哪位？我听出叫老板他很开心，我说那我就自报家门了，我是陈先岩。他说哦，你不是高升了吗？我说你还不知道，我又回来了，重新管理社区。吴老板，你现在靠什么发财？他笑了，发什么财啊，我在西区开了个铺子，卖结婚喜糖。我说很不错啊，我这就过去！他忙说陈政委，我在外面进货，不在铺子里，你有事吗？他这么问，我干脆就直截了当说了。我说吴老板，也没什么大不了的事，就是你家漏水的事。我不是又回来管事了吗？楼上的老人家刚才找了我，我也去现场看过了，没什么大不了，我想做个和事佬，把这事解决了。小吴一听连说好好，就这个事啊，您放心，我今天晚上就解决，不劳您跑了。我说你讲话当真？他说当真。我说那好！

放下电话我很高兴，马上将这一好消息反馈给了辛老太，说小吴今天晚上回来就解决。老两口儿喜出望外，哎呀，陈政委，还是你行！八个多月了！

一个电话就顺利解决了问题，我的心情也不错。感觉虽然离开了几年，来前还担心有的楼居民都换了，物是人非，怕工作没以前那么好开展，今天一个电话搞定八个月的遗留问题，说明往日旧情还在，这"面子"还能当"卡"刷，无疑为我上任第一天平添了几份信心。

刚回社区，诸事繁多。忙了两天后，辛老太又找来了。我问怎么样，换新水管了吧？想不到她一脸旧社会。嗨，换什么换，人影都没见到一个！啊？小吴跟我玩儿嘴，把我当喜糖了？我马上打电话给他，吴老板，我是陈先岩，那天你说当晚就解决漏水，怎么没动静啊？小吴说，哎哟，陈政委，一忙给忘了，我今晚就办！我心说，你别跟我来这一套了，我是陈先岩，不是居委会，也不是物管。今天我非按住牛头让你喝水！想到这儿，来了主意。我说小吴，10月结婚的多，你忙不过来。这样吧，我找施工队，你出钱怎么样？他一听没退路了，陈政委，你就做主吧。

有他这句话我就好办了。派出所正在搞施工，队长姓张。我说张老板，有个事麻烦你。他说陈政委，什么事？我说有个水管要修理。他说好，我马上到。他开车过来一看，说管子是洋铁皮的，全都糟了，五层楼都要换才行。光换下面，过两天上面还会漏。都换成PVC的，就不会漏了。我问要多少钱？他说陈政委你是好人，为老百姓做好事，让我也向你学习学习。这样吧，工钱我就不收了，买管子多少钱就给多少钱好了。我就打电话告诉小吴。他一听全楼都要换，嘴里结结巴巴的。我说人家看在我面上只收料钱，不会太贵。再说，每层楼都受益，我可以动员家家都出点儿钱。没人出，我出！小吴说听你的，干！一旁的张老板听见了，插话说，工钱，我都不要了，光是PVC管子花不了多少钱，实在没人出我就学雷锋了。

第二天中午，张老板就带人来了，好家伙，还挺复杂的，光脚手架就拉来了半卡车，六个工人手忙脚乱地干了四个多小时。中途小吴不放心，还开着宝马车回来看。结果，全换下来一共才400多块。邻居们个个儿都说，该我们拿多少我们就拿多少。小吴说不用了，我全拿！

当天晚上，辛老太拿橘子下来给大家吃，小吴的丈母娘也拿来一大袋喜糖。邻居们说，为这事两家吵了多长时间啊，陈政委你真做了好事，我们都感谢你！我说，这是我应该做的。这样吧，当着邻居们的面，你们老姐妹拥抱一下！

两个老太婆都是"奔七"的人了，真的就拥抱了。大家哈哈哈笑起来。

前后五天时间，解决了八个月的问题。居委会主任说，你要是不回来可怎么办？还是你面子大！我说，面子来自真情，像积分一样需要长期积累。辛老太的老伴画了一幅芍药，夫妻俩一块儿送到我办公室。老黄说，你看，我画的是什么？我大声说，牡丹！说完，我俩会心大笑，往日的亲情又涌上心头。

辛老太的事上了电视。得，这回更热闹了，陈记老店重开张，生意那叫一个好。多的不说了，拣个难办的。

这天，楼长老金跑来，说我们楼的崔呆子又犯病了，天天喊着要杀人！我一听不得了。崔呆子名叫崔成，比我小几岁，在法院工作不久就得了精神分裂症。法院让他带病在家休息，工资照发。爱人跟他离了婚，弟弟上吊自杀了，他一直跟老妈生活。老金说，老人前年就去世了。我说哎哟，这事麻烦了，家里没人照顾他了。

崔成为什么要杀人？我一问，因为他用电不交钱，供电公司停了他的电。如今过日子如果没电，好人也能憋疯了。精神病杀人的案例很多，有时候甚至砍死多人。这可不能懈怠！我立马上门去找他。还不错，我一敲门，他就在里面问哪一个？我说社区民警陈先岩。他隔着门说你不是当官儿了吗？找我干吗？我一听，很清醒啊。说你把门打开，我有点儿事。他就把门打开。我说听说把你家的电停了？不提便罢，一提他就犯了病，气都喘不上来，鼓着眼睛大叫，这事你管不管？我说我不是主动来了吗？他说那你为什么不早来？都停三个月了！我说我刚刚才知道，说是你欠了费。他暴吼起来，不对！有人偷我的电。你看看！说着，就把供电局的催款单拿出来，一共三张，欠费八百多块。用电的确有点儿高。我随他来到楼道上方的电表箱挂放区，仔细检查了电表，电表上的铅封都是好好的。怎么偷的呢？崔成说我一个人能用这么多电吗？邻居偷我的电！后来邻居跟我说，谁偷疯子的电啊，还不让他给电死！是他自己造的！夏天他两台空调二十四小时开着，白天睡觉，晚上吹口琴！一吹一夜，吵得我前列腺都犯了，一晚上起来尿一百次！

我对崔成说，你先别急，我来想办法解决。说着，往他屋里一看，吓得我也差点儿犯了病。门口有一个橱柜，一溜摆了十几把剪刀！我说你摆这么多剪刀干吗？他又蹦又跳，我要把抄电表的人杀了！咱俩分分工，你把偷电的给我抓住！我说好好，知道了，你别蹦别跳了，就这样了，你在家等着我。说完，我赶快出来了。

就停电而言，不归社区民警管。欠费不交，供电局停电也是天经地义。但是，他们忽略了崔成有精神病，跟他没法儿理论。如果不处理好，他真杀了人，那就全是我的事了。

回到工作站，我打了三个电话。

第一个电话，打给区法院副院长兼办公室郭院长。我说老哥，我又回社区了。他说我在电视上看到了，你让我很感动。我说现在请你也感动我一回。有个社区居民，也是你们单位的那个，又来事了！郭院长马上说，你是说崔成啊。我说不是他还有谁？供电局停了他的电，原因是欠费八百块。崔成认为邻居偷他的电，死活不肯交，最近天天说要杀人。郭院长，如果他真杀了人，咱俩可就有事干了。郭院长一听就急了，那还了得，被害人家属非把我逼疯了不可，这事要马上解决。我说好，明天下午三点，请你来我社区。他说好！

第二个电话，打给供电局客户服务部曹主任。我做全国人大代表的时候，她在公司经理办公室工作过，供电系统非常重视听取人大代表的意见，所以经常因工作关系跟我有对接。我说曹主任，有个事想跟你报告。她说陈代表，有什么事你尽管说。我就把事情说了一遍。我说你们停电完全是正确的，关键他有精神病，凶器摆了一大溜，要杀你们的抄表员！曹主任吓得声儿都变了。啊？那我们可就摊上大事了，你千万别叫他杀！我说他能听我的吗？我已经约好法院郭院长，明天下午三点到我这里碰个头，你也过来吧！曹主任说这是天大的事，假如我明天去不了，我叫我们副总去！

第三个电话，打给市总工会负责职工福利的刘副主席。我是全国劳模，跟他很熟。他马上表态，说明天我去你那里碰头！

第二天下午，三方领导、居委会主任以及向我反映情况的楼长老金都来到工作站。抄表员也来了，是个三十出头儿的帅哥。我说你要是早被崔成发现，他一剪刀就可能给你干掉！杀不死也让你见见血！帅哥惊叫一声，哎妈呀，我不干了！

郭院长立刻表态，电是国家的，供电局也免不了电费，这个钱我们法院给了！就当年节慰问自己的员工了。供电局副总说电钱我们免不了，但滞纳金可以不收。工会刘主席站起来向大家表示感谢，同时代表工会宣布，对崔成这样特殊困难的家庭，工会今后要重点帮扶。

会议圆满结束。我说，既然电费落实了，我提议现在就恢复供电，给崔成送去光明！供电局副总说好，我们走！

一行人浩浩荡荡。送电其实很简单，来到楼里，把电表箱打开，一推闸，电就来了。

我敲开崔成的门，通知他来电了，让他开灯试试。

想不到，他一看来了这么多人，跳起脚就喊，滚！说着就要拿剪刀，大家吓坏了，纷纷后退。电视台也来了人，本想拍个他感谢大家的镜头，不料拍到这样惊恐万状的场面。崔成指着他说，还有你，瞎照什么？滚！快滚！

大家跑下楼来，个个儿尴尬无言。我觉得太丢面子了，对不起各位热心的领导，不知怎样安慰大家。

我说，真对不起，我差点儿急疯了！

刘主席说，你可不能疯，社区居民还指望你呢！

郭院长说，我们见疯子见多了，比他疯！

抄表员说，哎妈呀，幸亏给了他电！

这是一次没有讨好的帮助。都说帮助了别人，快乐了别人，也快乐了自己；又说赠人玫瑰，手留余香。我们是帮了崔成，他没闻到花香，我们手上也没有余香。崔成虽然不领情，但他用电的问题解决了，“余香”留在了我心里。

其实，这都是小事。我心里还有更大的事没解决，那就是崔成的病。即使送了电，他杀人的念头也不一定会消失，甚至会做出更让人意想不到的事。当务之急是要把他送精神病医院去。我一说这个想法，在场的人一致同意。郭院长说，入院手续由我们跟居委会共同办理。

入院手续很快下来了。怎么送也是有风险的事，弄不好当场会干起来，为此我做了充分准备。送他这天下午，我从所里要来一辆面包车，我们研究了一个方案，以有事找他谈话的名义，三五个人上去把他一架就走。想不到，去了以后扑了个空，家里没人。邻居说他出门了。我问什么时候回来？人家说那谁知道，他疯呼呼的，两手当翅膀扇着走的。

正不知所措，有人说，哎，他回来了！说完就闪了。

我一看，可不，只见崔成晃晃悠悠走过来。我迎上去，叫了一声崔成，他刚要答应，我上去一把套住他膀子，朝身后喊，快来！几个人冲过来把他架住。崔成说我犯什么法了？我说你没犯法，我们带你到医院做个检查！他半明不白地叫，我不去，我血压不高！我说你快走吧！几个人把他抬起来塞进车里。如果实在对付不了，就把他捆起来。结果，他很老实，说开慢点儿，我们家来电了。

唉，前言不搭后语，怪可怜的。

崔成入院后，我想起他那个狗窝似的家，就说我们去给他扫一扫，在他出院前，大家捐点钱，帮他把家里简单粉刷一下，把他的被子床单换成新的，也花不了几个钱。大家一致赞成，说干就干。我们五六个人，扫的扫，抹的抹，整理的整理。另外，医院要他的身份证，我就到处寻找。一开床头柜，妈呀，满满一抽屉人民币！他病退回家，工资照常拿。他怕银行不安全，都放家里了。好家伙，真不少。一清点，二十六万！当场包好，隆重送进银行。

此事告一段落，我心犹未了。崔成不可能总住在医院啊，一旦病情好转，还要回来。他孤独一人，很容易再犯病。有谁能伴他左右呢？他经济条件还可以，就是身边缺个人。我就留心帮他找。找来找去，发现他弟媳妇有这个意思。他弟弟的孩子十多岁，也需要有人照顾。如果他们能合成一家，孩子还有血缘关系。我认真跟他弟媳妇谈心，她说，崔成出了院，我愿意嫁给他。

啊呀，听她这样说，我像喝了蜜！

摆摊儿

　　2013 年 8 月 7 日，《人民日报》登了一篇报告文学《王所长摆摊儿》，一下吸引了我的眼球儿，说居民老杜的电瓶车被偷了，就跑到派出所骂，协警让他等王所长开会回来。老杜说等就等，不怕他青面獠牙！王所长刚好回来，笑着说你看我是青面獠牙吗？老杜说面青，牙还不獠！他又指着墙上的奖状说，这都是办假证的给你做的吧？还不赶快摘下来！有本事你到街上摆个摊儿，听听老百姓说什么！老杜走后，王所长端起茶往鼻孔送。想起老杜的话，哎哟喂，这是神仙点化我啊！周日，王所长在社区门口摆起摊儿，摊儿上摆着警民联系卡、报警器、小偷作案工具。他高喊走过路过别错过，看小偷怎么偷车？居民们都围上来。王所长用液压钳夹住车锁，嘎巴！居民们惊叫起来，比吃黄瓜还脆！王所长说车子要存车棚里，可别怕麻烦！安防盗门不能图便宜，空心铝不行！看的人越聚越多，王所长就征求大家对社区工作的意见，得到了居民们的真心支持。

这篇报告文学启发了我。我重回社区，相处了十多年的居民都认识我，但他们急需做什么，我还不清楚。同时，我从巡特警大队选来做社区新民警的小管，大家也都不认识。社区大，居民多，挨家访问周期也太长，不能等。摆摊儿是个好办法，短平快！那好，我们也摆起来！就这样，我们也摆起了摊儿。一个桌子，三个人。我一个，小管一个，居委会主任一个，在几个大院门口轮流摆。居民纷纷上前问这说那，热情高涨。我在桌前放了一大块彩喷广告牌，上面打印着小管的简历，小管端坐在简历牌后自我介绍，我们在一旁帮腔，居民们很快就认识了他。哦，这新来的片警啊！他是小官，陈政委是大官，我们好福气，有两个官为社区服务！

通过摆摊儿，零距离接触了居民，当场梳理出十二条急需解决的问题。其中包括：案件高发居民没有安全感，物业公司不负责居民要他们滚蛋，人行道被住户占用开店居民多次被车撞倒，社区下水道堵了苦不堪言，南苑小区改造烂尾绿化地像坟堆长满荒草，当年我安的监控探头早已没有一个能用了，还有什么狗患呀，汽车没地方停泊呀……

针对这些问题，我对居民们说出自己的思路：先急后缓，先易后难，克服困难，早日解决。居民们鼓掌欢呼，说这回可有盼头了！

我首先解决案件高发。只有把案件降下去，居民才会满意。可要人没人，要钱没钱，怎么办？全靠自己！我发挥"老马识途"的优势，先把在派出所当协警的小陆子喊回来，这是我用得最顺手的人。再一个，我把和我一般年龄提前退休在家养老的秋园小区的居民王玉喜找来。他原先在工厂干保卫工作，做事很认真稳当，说话低调，跟小陆子正好在性格上互补。加上社区民警小管和居委会主任，已有五个人。小班子先搭起来，开始整治物业公司的保安。物业的两个小经理根本不买账，我一边儿跟他们讲话，他们一边儿翻手机。我很恼火。我找到公司的朱董事长，又把分管治安的局长也请过来，大家一起开会研究。两个小经理一见大老板来了，老实了。朱董事长说，你们要全力支持陈政委的工作，一切听陈政委的。但是，会散了以后，他是他，我是我，问题没解决。第二天，我把所有的保安都喊来开会。一看，有一半是我们的居民。两个小经理也过来了。我说，你们现在有哪些问题，说出来我听听。有个保安说，我收物业钱，居民不给，还把我骂一顿，叫我们怎么干？我说，好，那我就把你们的表现放出来看看！他们不明白是怎么回事，大眼瞪小眼。他们当然不知道，为了召开这个会，昨天深夜我特别暗访了他们的值班状况。当时下着蒙蒙雨，风很大，我一点半摸出来，挨门查看。结果所有的门卫都在睡觉。有睡沙发的，有趴桌子的，还有的干脆把门关了，用大衣把头捂得严严实实。每个门岗我都拍了。返回的路上，我心情坏极了。梧桐树下，灯光昏暗，风一吹，好像有鬼要出来。想不到，曾经费尽心血营造的社区安保竟然糟糕成这样！现在，开会了，我就把这些画面一个个放给他们看。他们一看，都傻了。我说，就你们这个熊样，还好意思上门收费？话说回来，你们这些人能不能把账本给我看看？你们谁家交了费？啊！你们自己住在这儿，自己当自己的保安还干成这样！假如你不是保安，你看到这样子值班，你肯不肯交费？公司连保安服都不配，还叫什么公司！小经理说，没钱配，本身我们就贴本了。

我问居委会主任，你们跟物业公司的合同是怎么签的？主任说，2014 年 4 月 30 日就到期，居民说让他们滚蛋！

我说，好，那就顺从民意！

有"三块三，保平安"的经验，什么也难不住我。

会后，我跟居委会赵青主任商量，升级"三块三，保平安"，在文峰街道物管中心的旗下，成立八大家社区分中心。这样做既是依法规的需要，又是自己的队伍。经过相关程序，2014 年元月一日，文峰街道物管中心八大家社区分中心暨八大家社区居民巡控大队正式成立。下设居民党员义务巡逻、专职保安、义务消防、专职保洁、业余绿化维护等，比正规物业管理更规范。

保安队伍的组建很顺利，我把原班人马喊到一起开了个会。我说愿意留下的就跟我干，不愿意留下的请走人。留下的人，原来工资每月一千块，从今天起增加五百块。这五百块是绩效考核，对脱岗睡觉、不穿保安服等违规违纪要扣钱。好好干的，五百块能拿到；不好好干的，就会被扣掉。你手里端的这个碗，里面有没有饭，有没有菜，是稀饭还是干饭，居民说了算！米和菜都在居民口袋里，你干好了，稀饭可以变成干饭。再好了，饭里还有菜。有素菜，还有荤菜，说不定还有汤喝。如果还像过去那样，不要说干饭，稀饭也没得喝！

动员过后，走了三分之一。我在社区继续招聘。人都招聘齐了，我就下达考核任务，严明奖惩，建立日志，制定了《保安岗位百分制考核细则》，张贴在每个值班室，对照执行。我每天都要亲自检查日志。比如哪家搬家进来了，哪家搬家出去了；捡拾到什么东西等。执行以后，案件迅速下降，居民感觉很好，缴费率达到百分之九十。居民的安全感明显提升了。

要说制定《保安岗位百分制考核细则》，还有一个小插曲。这源于南苑小区的夜班保安王阿宝。老王是本社区居民，天天晚上值班睡觉。原来，他白天在交警队做协警，晚上回到家又当社区保安，要是真干，谁能吃得消。我每次检查都发现他在睡觉。我劝他别干了，不能为了多点收入坏了事儿。结果他不能正确对待，就是死赖着不肯走。更有好事居民牛三给他出点子，说辞退可以，按劳动法要补给他三个月的工资。牛三为此还演练了一番，如果陈先岩说这是居民自治，没有什么劳动法，你就抓他的话把儿，他是人大代表，又是警察，为什么不依法办事？可巧，他们的演练被人听到后转告给我。好啊，还跟我来这手！我立马修改考核条例，没有辞退了，就是扣分。本来扣五百块钱就到顶了，现在不封顶了，接着往下扣。你上班睡觉，发现一次扣一次，一直扣下去，把你所有的工资全扣完。我修改后，打印出来贴在墙上。光贴还不行，你睡觉我口说无凭，我就在传达室安上探头，给你录下来。当天晚上，王阿宝发现了探头，急得直转，想睡觉，又怕被录下来。起先拿桌布盖探头，盖上以后觉得不行，又拿下来了。可是，到了下半夜三点，终于受不住了，干脆钻到后面一个放杂物的屋里睡去了。这样一来，岗位就没人了。睡了一个多小时，爬起来又来到传达室，值了一会儿班，又困了，做操，还是不行，又进杂物屋睡去了。他的一举一动，全被我录下来存到电脑里。一直到他的工资差一个星期就全扣光了，他自知完蛋了，就发了一个短信给我，说陈政委对不起，我实在干不了这个活儿，我走了，也不跟你要钱了。

我接到短信后，打电话跟他说，老王，你是老居民，我对你是有感情的，说对不起的应该是我。但你知道，二十多年了，你我都不易，我不能容忍一个睡觉脱岗的保安，那样对居民不负责任。我也知道你不容易，家里小孩还没成家，需要钱。但你也要体谅我的难处。我这次回来，下决心要把社区治安彻底改过来，你睡觉的确坏了事，给防盗留了一个大漏洞。这个月虽然你值班睡觉，按规定已没钱可拿了，但是你主动要求走，我既往不咎，这一个星期的钱我都给你，你来领吧！他马上跑过来，结了一个星期的工钱，我也解决了一个后顾之忧。小陆子说，还是师父有办法。我说具体事情要具体处理。既要解决问题，也不要过于得罪居民。现在，王阿宝仍在我上班必经的那个路口做协警，每次见到我，还主动跟我打招呼。当初如果我硬把他赶走，两人见面就很尴尬了。

再说说解决占道经营。这件事牵涉面宽，沿路居民几乎都破墙开店了，大多数还延伸到机动车道的路面上，要拆除这些门面，需要做大量的群众工作。但这影响居民出行的安全，非解决不可。我把分管区长同时也是公安局副局长郭长明请到社区，我要给他找点儿事干。我说居民盼望解决却很难解决的一些事，要请领导出面，请政府出面。他问什么事？我说现在比较难的就是占道经营。我当年管理的时候，谁家也不许破墙开店。现在麻烦大了，这么多家都搞起来了。要拆，没有政府支持可不行，请您协调，把街道办事处和城管约到一起，开个现场办公会。郭区长非常赞赏这种点对点、马上办的办事作风，爽快地答应了。

有区领导出面，会很快就召开了。办公会在工作站召开。街道办事处一把手书记、分管社区和城管的副主任、城管大队大队长等相关部门领导都来了。大家到现场一看，乱麻麻一团糟，家家门脸占地不说还占天，彩钢瓦伸出多远，还有防晒网搭在上面。前不久，有家饭店炒菜时油烟一喷，把网烧着了，多亏小陆子带领义务消防队赶来，不然电线、光缆都要被烧掉。办事处书记当场表态，全拆！该花钱的我们花，该要人的我们给，明天就发告知书，叫他们自己先拆，不拆的我们组织人拆。

就这样，办事处前后组织拆了三次，违建才拆完。为什么拆了三次？你前脚拆，他后脚又搭。拆了搭，搭了又拆。后来，我想了个绝招儿，在临街房前砌一堵墙，彻底断掉后路。你可以营业，但一刀切齐了，只许在防护墙里。这样，马路又宽又干净，居民出行再也不怕了。

社区改造中遗留的绿化烂尾也让人很头痛，面积有几千平方米，投资从哪儿来？正巧，省里搞群众路线教育实践活动，工作组就在扬州，组长是省委副秘书长。他召集社区座谈会时，我就在会上提出这个事。我说没改造以前我管理这个地方，绿化很好，像高尔夫球场一样。现在改造成了乱坟岗，居民告状无门，请工作组出面为民解忧。实际上我是要工作组给市政府提意见。嘿，这个东风让我借着了！会后不久，市委书记突然来到社区，到现场一看，果然荒草萋萋。回去以后马上指示重新规划重新建。指示一下，建设局负责人带着施工单位负责人立马到了。工程队的人说，陈政委，这个地方想怎么弄，你能不能画张图？我说你们是专家，你们先画个图，看看行不行。他们画了一张设计图，我一看还是不懂，太专业了。我又说，请你们画张效果图怎么样？什么地方是绿地，什么地方是停车位，什么地方有个凉亭。先让我和居委会看懂了，再向居民公示，征求一下居民意见，只要百分之九十以上的居民满意，我们就开建。我之所以这样"麻烦"他们，主要是五年前在老小区改造时，小区里有部分居民反对当初的施工方案，并不断阻止施工，结果给耽搁下来，以致最终成了烂尾。施工方开始不太乐意，经我一解释，也就照办了。效果图出来后，果然美观实用，又吸收

了我和居委会的部分修改意见，更接地气。2015 年 4 月 28 日，效
果图分别在小区三个不同地点上墙公示。不到一小时，居民牛三跑
到居委会，跳着脚说不同意，横挑鼻子竖挑眼，哪儿都不是。后
来，有居民告诉我，五年前的那次改造，正是他阻止才造成现在的
局面，他的话不能听！这人脑子有毛病！另外还有一个原因，我心
里很明白，就是在这之前，他和几个人搞了一个所谓的自管会，乱
收费不说，还把这里搞得一塌糊涂，我重回社区把他这块儿断掉
了，不让他再弄了。他心里不舒服，就想方设法作梗。先前让保安
老王向我讨补偿，出点子的也是他。牛三蹦高跳低地跑到居委会
喊，你们就是搞车位，就是为了要收费，就是想从老百姓身上刮
钱，我们代表居民反对！我说老牛你谁也代表不了，你是我们社区
的一个普通的居民，你只能代表你老牛，连你儿子都代表不了，只
能代表你自己。你可以提意见，但是不可以干扰我们的工作。社区
没车位，车子乱停乱放，居民不方便。到底要不要趁这次重建解决
停车位问题，谁说了也不算。我们每家每户填表，征求意见！

于是我们专门制表，逐户上门，用两天时间把征求意见表全部
发了下去，征求意见，白纸黑字，收回来一看，百分之九十九点九
赞成。我们把这个数字向居民一公布，马上就组织施工。

可是，牛三不甘心。当开始铺建停车位时，他又试图阻工，弄
来凳子在工地上，故意拦着，他把铺好的水泥制条形路牙子踢翻、
弄断。居委会主任是女同志，一见又慌了神，就打电话给我。那天
我在外地授课，我说别紧张，我下午就回来。下午我回来后，把施
工负责人喊来，问他是什么情况，他说这个姓牛的把我们骂得狗血
喷头，不让我们干。我们刚刚铺好，他就用脚踢了，还把砖砸坏了
一块！我说你也不是头一天在外面施工，也不是头一次遇到阻碍，
像这种情况还要我教你吗？你的手机是干什么的？为什么不录下
来？他再来破坏，你录下来拿给我，我去找他！你是一个承包商，
你要跟他讲，我是有工期的，你耽误了时间，一个工人一天多少
钱、一块砖多少钱，我录下来，你都要赔！施工负责人说，好，他
再破坏我就录下来！后来，施工继续进行。牛三发现有人专门等着

录他，知道对手肯定是我陈先岩，只好收手了。

经过一段时间的努力，居民反映的十二个问题全部解决。最好笑的是下水道不下水的问题，我把城建局局长请来三次，相关人员拿出纸，一块一块地测。你猜怎么着，新管子与老管子连接处忘了打通。他马上安排人掏开，可不是嘛，最后几十厘米，新老管子根本没对接！

局长叫起来，这叫什么事儿！

重返社区两年多，方方面面基本恢复到我走之前的状态，居民脸上露出了笑容。

陈政委，你可不能再走了！

我说，还是我常说过的，我浑身是铁也打不出几个钉啊！

再说说我的成长之路

我是扬州警察，但非扬州人。我来自安徽皖中农村，出生在一个山旮旯里。父亲原先做过教师，当年在抗战时期做党的地下工作，多次被日伪军通缉捉拿，好几次有生命危险。有一次，他化装成女人，抱着人家小孩，才躲过了搜捕。后来他有了家庭和孩子，就脱离组织不干了。按现在讲，他有理想，但不执着。为这个事，"文化大革命"把他揪出来，说他是叛徒。实际上，他不是叛徒，他还是革命的，只不过途中掉队了。我们全家都受到冲击，父亲不得不回老家种田。他没种过田，插秧不会，犁田也不会，一辈子拿女人的工分。过去是挣工分，男人十分工一评，女人七分工一评。父亲一辈子都是七分工。

小时候，我一出家门，小伙伴们就喊小反革命来了。我从小就逆反，要是被谁欺负了，一定要讨回来。我家老房子后面有棵大杏树,一根树枝平伸出去,我用麻绳拴在上面,又弄了两根木棍当吊环,天天练臂力。跟我差不多的孩子,甚至比我大几岁的,都打不过我。我一人能打他们三四个。谁让我吃了亏,我就在上学路上伏击他。躲在菜地里,跟狼捕食一样,他一路过,就猛扑出来,把他狠揍一顿。这孩子被我揍了以后,肯定哭着回家。家长就会拎着他到我家告状,并且要亲眼看到我父母把我揍一顿,他们才会走。这样反反复复,我揍人,人揍我,童年就是这样过来的。到现在,村里老人还说我小时候很调皮,治不服。

但是,当时人家叫我小反革命,我觉得我不是小反革命。父亲被斗的时候,头上弄个电影里斗地主的高帽子,蛋筒一样倒扣在父亲的头上,上面写着名字,打倒什么的,胸口还挂个牌子,牌子上也写着打倒什么的。游斗分正式场合和非正式场合。非正式场合一般是在劳动工地上。那个时候政治气氛浓,上午或下午工作两小时后,妇女可以回家喂奶,其他人休息半个小时或十五分钟,这时候,就要把我父亲拉出来,站在那个地方,弄个牌子一挂。正式场合是一个月或两个月,最少半年要来一次。全公社开群众大会,口诛笔伐,每个村都要带出个把个人来批斗。我们村就是我父亲。斗的时候,一二十人要分两批走上老戏台,跪在台上,把头低着,不准抬起来。每看到这个场面,我心里就很难过,为什么要这样呢?总有一天我长大了,一定要洗清这种耻辱!

当时,村中凡是家里有人当兵的,就有一个"光荣人家"的牌匾挂在墙上,还要贴照片,红领章、红五星、绿军装。当年流行学雷锋,个个儿当兵的都弄个枪,摆出雷锋姿势。当兵最光荣,军属受尊重,逢年过节有人慰问。甚至工作队把我父亲喊去训话,也是在军属家里。所以,当兵的在我心中特别崇高。我想,只有当了兵才能洗清耻辱。同时也觉得父亲当年没有革命到底,有理想不执着才落到这个地步,我就要通过当兵,穿上军装,扛上枪,来弥补父亲的缺憾。

终于,我长大了。1980年,我初中一毕业就报名参军。身体验上了，但政审没过关。父亲的问题没弄清楚，部队不收。

第二年，我再次冲锋，冲向我当兵的梦想。这回，征兵领导小组组长是我父亲的同班同学，小的时候两个人就很要好。在他的帮助下，我政审过关了。父亲的问题都是村里、乡里搞出来的，也不存在什么平反不平反，你没事就行了。紧接着，我拿到录取通知书，被分到了南京军区。10 月 28 日，我们全部集中到区上，从那里上客车出发。送兵的人很多，家长跟小孩哭得好像一分手就见不着了似的。新兵也哭，家长也哭，抱着头哭，哭得死去活来。

我们乡里一共去了四个人，唯有我不哭，唯有我父母不哭。我戴着光荣花，背着背包，上了专车。第一次享受专车待遇，感觉真好。我父母笑眯眯的，我在别人的哭声中，也笑眯眯的，说我会为家庭争光，不会让你们失望。后来妈告诉我，她是强忍着泪水把我送走的。别人都在哭，她也想哭。但她是一个非常要强的女人，心高气傲。她当场没哭，回家后在我睡觉的床上，抱着我的被子哭了一夜。

我们先到巢湖，每人发了两个面包，用自带的牙缸弄点儿开水喝，然后从轮船码头赶到火车站，上了闷罐车。我想，这是要拖到什么地方？没想到才拖了两个来小时，车就停了，就喊下车下车。一看，到了合肥火车站。广场上已经有很多兵了，席地而坐，黑压压的。我们也坐过去。个把小时后，浙江的新兵到了，大家赶快起立，一排又一排的老解放车开过来，我们按照班排坐上去。老解放黑灯瞎火往前开，直到凌晨三点，才来到军营。锣鼓喧天彩旗飘，老兵站在路两旁迎接。

走了一路早饿了，进军营先吃饭。没有饭堂，就是露天地里。炊事班抬来不锈钢大桶，还有保温桶，里面有菜有饭。可是，我们没碗又没筷，怎么吃？这时班长说话了，大家都没碗吧？我们说谁知道来部队还带碗啊？还有的调皮，说要饭的才带碗。班长说大家先用牙缸吃吧，没有筷子用牙刷！有人就说，农村来的没牙刷。班长老有经验了，说没牙刷总有钢笔吧？哎，让他说着了，钢笔基本上个个都有。临走的时候，朋友送钢笔，送笔记本，上面还签个字，写几句祝福的话。但是，就算有钢笔，也没法儿把饭菜盛到牙缸里。大家都傻眼了。本来人就多，相互也不认识，也不存在客气不客气了，有人就用牙缸直接舀。他一舀，提了醒，你舀我也舀，都抢着用牙缸舀。饭舀好了，菜怎么办？我一看，豆腐烧青菜、茨菰烧肉，还有紫菜蛋汤。真好！

嘿，谁也没想到我从家里带来一把勺子！我把勺子从挎包里掏出来，对准茨菰烧肉就是一大勺，然后又是豆腐烧青菜。其他人都很羡慕，都要跟我借，我还真不能借。借出去我拿什么吃？我只能帮助本乡一起来的人解决问题了。可是，就算我把好菜舀到他们牙缸里，他们用钢笔也吃不好。一支笔挑不上来，两支笔夹不起来，笔又滑，又短，干脆下手抓了。

饭后，班长说回宿舍。来到宿舍一看，傻了。房子全都是用毛竹搭的，墙是芦苇席编的，房顶是用草铺的。好在高度还可以，进去不用低头。一个班一个房间，没有床，全是地铺。我们一个挨一个挤着睡，班长自己睡一个铺。

我心里就犯嘀咕了，这叫什么部队啊，没有听说过！在我印象中，部队是整齐的营房，当兵个个儿绿军装，走起路来铿锵有力，号声震天，一二一，一二一！没有飞机，最起码有大炮。怎么会是这样子？这是真的部队吗？越想越不对。后来，太累了，一天又是船又是车，累得都想不动了，就不想了，闭眼睡了。大家都没洗脚，半夜被脚臭熏醒几回，又昏睡过去。

第二天起床一看，哎哟喂，真格的军营在二百米开外，五层楼，正儿八经砖瓦房，还有篮球场。后来才知道，那是团部。团长、政委、参谋长全在那个地方，参谋干事也在那个地方。一律穿着皮鞋。城市兵就说，不公平，同样当兵，我们为什么住得这么差？

我们所住的草房，实际是临时的新兵训练营，配了营长、教导员。前三天是政治学习，为什么当兵，给谁当。学习的时候，有眼尖的人发现，文件上的红字抬头是：中国人民解放军建筑工程兵第223团。

哎哟，有人就叫，我们当的是工程兵，是干重活儿的！

我们就问班长，班长，我们这个部队到底是干什么的？有人说是干重活儿的！班长问谁说的？我们说你也别问了，就告诉我们是干什么的吧。班长说是开车的，都是开车的！我们不相信，哪有那么多车开啊？也没看见车啊？班长说都在山洞里呢。我们还不相信，就把他的手拽过来摸摸，哎妈呀，一手老茧，石头似的。班长老狡猾了，说老茧是开车让方向盘磨的。噢，我们就信了。真不错，当兵还能学开车，这也是门手艺啊！

新兵连的训练项目，有投弹、打靶。我靶打得非常好，几乎枪枪命中十环，还得到嘉奖。一个月后，训练结束，元旦之前就分配了。我和另外二十多个本县的新兵，被分配到安徽宿县地区灵璧县。离灵璧县城不远的地方是一片大山，部队就在山里面。我们问干什么？人家说打山洞，把山掏空。代号 4849 工程。

得，到底还是干重活儿！

开车，那是个传说。

把山掏空干什么？建弹药库。

来到目的地，老兵们很开心，热情迎接我们。营房呢，还是草棚，还不如现在的施工棚。但是，部队就是部队，虽然是草棚，仍整齐划一，一排又一排，中间还有个四合院，门楼、军人之家，应有都有。后来我们也理解了，因为是工程兵，工程一结束，草棚一把火就烧了，所以没必要盖砖瓦房。

我被分在四连。当天好吃好喝，晚上去站岗。两个小时一班岗，轮流站。要站岗就发枪，一拿上枪，还真有当兵的感觉。后来才感到，能站岗也不错，比干活儿强。

第二天，我们开始上工地了。先发施工服帽，然后去参观。施工服是部队回收的旧棉袄棉裤，不过洗得干干净净。施工帽是柳条编的。参观回来，又好吃好喝一顿。

第三天就不客气了，都给我上！

我所在的八班，任务是把炸下来的石头从山洞里运出来，没有机械，全靠人工。一条长队排过去，人挨着人，洞有多深人就排多远。最前面的是两个大汉，手抡大方口铁锹，那锹的形状，像村里农民用的老簸箕，见棱见角。那个东西一锹铲下，好家伙，连汤带水，起码有四十斤重，拉起来就往后一传。他要不停地铲，不停地传，又要质量，又要速度，五分钟就累得直叫唤，就要换人。后边的人，接传簸箕，一簸箕又一簸箕。稍不留神，40斤重的东西就可能掉下来砸到脚。传到后面，最后一个人要倒这些东西，倒不干净就往地上磕磕。簸箕经常这样磕，口都磕毛了，一接就刮手。我们的手没好的，全刮破了，到卫生所弄点紫药水涂涂接着干。"人工机器链条"一转起来，不能停，也偷不了懒。簸箕马上就过来了，想偷懒都不行。只要上了工地，就成了"人工机器链条"上的一环，根本不能停。

再说说劳动环境，很可怕。洞里要打水泥奠基，水泥振动棒一般都有三米长，振动起来声音炸耳，相互说话听不到，只能打手势。有时候几台振动棒同时工作，水泥砂浆喷喷四射，整个人身上全都溅上水泥。山洞里正常的温度在14摄氏度至16摄氏度之间，干一会儿就热了，浑身都是汗。衣服外面是水泥砂浆，里面是汗水，最多两个小时，身上就淌成河，胳膊、胸口都是水。一捏衣服，汗水加砂浆就从指缝里挤出来。我们个个都成了鬼脸，只有两只眼睛在转，谁也认不出谁。在洞里不知道是几点，以吃饭对时间。早上去了，到吃饭了，那就是12点钟。如果午饭后再喊吃饭，那就完了，不知道晚上要干到什么时候。饭怎么吃？饭桶抬到跟前，往地上一放。嘴上都是泥，哪儿有水洗？就把施工棉袄往里面翻翻，一直翻到相对干净的地方，往嘴上一擦，开吃！就这样，还经常把砂浆带到饭里，嚼得嗤拉嗤拉响。

下午收工，好的时候四五点就回来了，差的时候晚上10点。回来以后，赶快把自己干净的衣服拿着，去浴室洗澡。浴室是个营一个，有时候人很多。洗完回来后，厨房里有夜宵，但是很多人不想吃，累死了，就想睡觉。睡觉的条件有改善。一个班一间，高低床，上下床。一般是老兵睡下铺，新兵睡上铺，跟火车卧铺似的。

　　脱下来的施工服，放在门口对面的施工棚里，潮潮的衣服放一夜就冻住了。特别是冬天。皖北的冬天温度都在零下五六度，甚至是零下十多度，持续时间在两三个月左右。所以，最痛苦的就是早上穿衣服。每天早上起床后，先出操。出完操回来换衣服，吃早饭。8点钟准备上工地。上工地前，最痛苦的时候到了，就是要穿那个冻住的施工服。这些棉袄棉裤都穿走了样儿，裤带没有了，有也不好用。有沙，有水泥，再好的裤带也完了，都用电线当裤带。棉袄发的时候有纽扣，到了我们手里，簸箕在胸口抹来抹去，纽扣早抹掉了，有些棉袄的棉花都出来了。每天早上，棉袄棉裤全冻了，用树棍子一敲，跟敲锣一样当当响，根本没法穿。怎么办？拿起来放在地上，用脚踩，响声跟玻璃碎了一样。踩完以后用力抖冰碴，有时候裤脚和裤腰抖不干净，就往树上甩。甩过之后再抖。用手摸一下，感觉冰碴都掉了，这才能穿。里边的土布衬衣弄脏了特难洗，为了少洗一件，我经常连衬衣也不穿。不是我一个，别人也不穿。最后一道工序，把衬衣脱了，拿半干不湿的毛巾使劲擦身，跟冬泳前热身一样，这才开始穿棉袄棉裤。穿的时候一咬牙，穿上马上就原地跑，把身上跑热。从连队到工地，有一公里半的路，跑步进山洞。跑到洞口的时候，已经出汗了。尽管这样折腾，却很少有人感冒。

　　新兵第一次穿这样的"冰服"时，眼泪都下来了。实在受不了。当时，我就给父亲写信，我说亲爱的爸爸，我当兵的路是走对了，但是门摸错了，怎么摸进了施工部队？既然来到部队，就应该保家卫国，扛枪巡逻，想不到我们干的全是农民工的活，比农民工还苦还累。父亲给我回信，吾儿，梅花香自苦寒来，你不经一番风霜苦，哪会有人生的香甜呢？你要挺过来，一定要坚持住！

　　这时候，中央军委宣布大裁军，很多部队都在精简。我们部队也在精简之列。精简一宣布，很多战友都要求退伍。我们这批只当了八个月的兵，呼啦一下走了一大半。在这个人生十字路口，我想起当年父亲因为担忧家庭受株连，半路选择了辞职，没有革命到底。我不能再像父亲那样，遇到困苦就打退堂鼓。我自愿留了下来。不能改变环境，那就改变自己。从此后，我不再抱怨自己摸错了门。

现在，我觉得这是我人生难得的一笔宝贵财富。艰苦的日子，锻炼了我的意志，也为今后的人生打下良好的基础。我一旦有了积极向上的想法，再干什么都会主动，而不是应付。我从没装过一天病，就是不舒服也挺着去工地。哪里有险情，就往哪里冲。打山洞随时可能发生危险。有一次坑道冒顶，差一点儿把我埋了。幸亏我命大，一块大石头从我腰后一顶，把我顶出六七米远，我又本能地跳到另外一个石板上，瞬间很多石头在我身后塌了下来。我不跳就被砸死了。在我来之前，有一次一下子牺牲了六个上海兵，就葬在工地旁边，后来都被评为烈士。他们的墓碑上那鲜血一样的红字，如火苗在深山里燃烧。我心里呼唤着这些没见过面的战友，战友啊，安息吧，你们没完成的任务，我们一定要完成！

我除去在工地吃苦耐劳抢重活儿，早上还要比别人早起来半个小时，悄悄地从上铺爬下来。干什么？去炊事班帮厨，切菜，淘米。这样可以讨一点儿热水，让班里的战友洗个热水脸。因为连队是不供应热水的。当起床号响了，大家都叠被子的时候，我就端着一大盆热水回来了。每个人牙缸倒一点儿，脸盆倒一点儿，战友们都很开心。

1982年，我报考了北京逻辑与语言函授大学。在那样艰苦的条件下，每天晚上都要学到11点钟以后才睡。部队熄灯了，我就拿着书到饭堂里看。饭堂很空旷，夜深人静的时候，外面有猫头鹰叫，房顶上有老鼠在捉鸟窝里的鸟，黄鼠狼又在抓老鼠，形成一个食物链，打得叽里咕噜，而且旁边还有一个坟堆。开始，我心里也毛飕飕的，但是我坚持了下来。我觉得自己的文化不够用，要多学习才行。当然，也有人打小报告，跟指导员说，陈先岩夜里不按时睡觉，不知道看什么黄色小说。指导员悄悄到饭堂侦查了两回，发现我看的是函授教材。他还进来勉励我几句。后来，他在军人大会上宣布，陈先岩每天自学函授，值得鼓励，他可以享受特殊待遇，不按照作息时间睡觉。

部队的文化生活还是比较丰富的，特别是出黑板报，每个连都出，每个排要出题材。我们排的题材基本上是我包了，好人好事、故事、诗歌。班长对我说，你文笔很好，要坚持写下去；还说我们连队出过一个新闻干事，他经常写稿子，后来就被上级调走了。在班长的鼓励下，我除了给连队黑板报写稿，还往报社投稿。开始都是泥牛入海，但我不灰心。1983年春节过后，部队组织团员到汽车站配合进行旅客行李的安全检查。我看到大家除了认真安检，还扶老携幼帮助群众，扛行李，送上车，就写了一篇新闻稿，寄给《解放军报》。有一天，战友就喊，陈先岩，你的稿子见报了！我说不要讽刺我。这家伙经常讽刺我，一看我写稿子，就说大记者发表几篇啦？拿来给我们开开眼！可是，这回他说是真的，你的稿子真见报了，我给你拿来了！我正干活儿呢，把锹一扔，冲过去，接过来一看，哎哟！真的！我的稿子发表在军报头版，而且还加了一个花边儿，大概一百五十个字，落名陈先岩。这三个字还加了一个括号。功夫不负有心人啊！一百五十个字，我反复看，反复看，没看一百遍，也看了九十遍。打这以后，似乎七窍被打通，我来了干劲儿，陆续有稿子发表。《新华日报》《安徽日报》，从火柴盒到豆腐块儿，从豆腐块儿再到笔记本。稿费也从两块到五块。

很快，写稿子改变了我的命运。1983年8月，军区后勤政治部的新闻干事下来考察后，直接把我带走了。没经过营，也没经过团，直接到了政治部新闻报道组，专职写报道。后来，又送我学习电影放映技术，回来后当上了放映员、电影组组长。1989年，我被评为"南京军区学雷锋先进个人"，受到政治部和江苏省委宣传部表彰，成了新闻宣传对象。《解放军报》刊登了我的事迹，我被破格提拔为干部。当时，我是南京军区唯一从战士直接提为干部的，一提起来就是副连。

1993年我转业，当了一名警察，一直干到今天！

干得怎么样？我的体会是，扎扎实实做社区民警，实实在在为百姓服务。为此我当选了两届全国人大代表，荣获"全国公安系统一级英模"称号！